論創海外ミステリ
312

レザー・デュークの秘密

フランク・グルーバー

中川美帆子［訳］

論創社

The Leather Duke

1949

by Frank Gruber

目次

主要登場人物

ジョニー・フレッチャー……書籍セールスマン
サム・クラッグ……ジョニーの相棒
ハリー・タウナー……タウナー皮革会社《レザー・カンパニー》の社長。通称レザー・デューク
エリオット・タウナー……ハリーの息子。リンダの兄
リンダ・タウナー……ハリーの娘。エリオットの妹
フレッド（フレディー）・ウェンドランド……リンダの婚約者
ハル・ジョンソン……革工場の職工長
カール・ケスラー……革工場の副職工長
エドガー・ブラッケン……革工場の販売部長
アル・パイパー……革工場の工員
カーメラ・ヴィタリ……革工場の工員
アクセル・スウェンセン……革工場の工員
クリフ・ゴフ……革工場の工員
ジョー・ジェネラ……革工場の工員
ナンシー・ミラー……革工場の電話交換手
ジョン・B・クロフト……クロフト製靴会社の社長
リンドストローム……殺人捜査課の警部補
エド・ウィギンズ……ウィギンズ探偵社の所長
レス・ベグリー……探偵。ウィギンズの部下
モート・マリ……出版社の社長

レザー・デュークの秘密

第一章

事の起こりはモート・マリだった。ジョニー・フレッチャーとサム・クラッグは長年に渡り、モート・マリが出版する『だれでもサムスンになれる』を販売して暮らしを立ててきた。何かと逆境続きの彼らにとって、モート・マリこそは真の友、堅固なる岩、荒磯に立つ灯台の如く頼りになる存在のはずだった。

そのモート・マリにはがっかりだった。ここぞというときに、ジョニーとサムの期待を裏切ってくれたのだ。ようするに、マリは事務所の家賃を滞納して、そのせいで保安官によってドアに南京錠を掛けられてしまったのである。結果として、マリはジョニーが受信人払いの電報で注文しておいた本を発送することができなかった。

そして今、ジョニーとサムは宿なしの身で空きっ腹を抱えながら、シカゴの街を歩いている。ノースウェスタン駅やユニオン駅で途切れ途切れに眠りを貪りはしたが、そんな場所でまともに身体が休まるわけがない。ベンチは固いし、ひっきりなしに警官や駅員がやって来るのにはうんざりする。

状況はほぼ最悪だった。

ジョニーとサムは無言でララビー通りを北に進み、やはり無言でニアー・ノース・サイドの煤けた工場群を通り過ぎた。人々はあの建物の中で、樽を持ち上げたり、荷箱を運んだり、音を立てて作動する機械を扱いながら働いているのだ。世の中には雨の日もあれば、雪の日もある。風が吹きすさぶかと思えば、太陽が明るく輝くこともある。しかし建物の中にいるあの連中は、そんなことにはまるで無頓着だ。彼らは朝九時に出勤すると、一日中せっせと働き、夕方五時になれば帰宅する。男も女もずいぶん年少の時分にこれらの工場で働き始め、恋愛して結婚する。そして子供を育て、今度はその子供たちが同じ工場で働き始める。その流れには終わりがない。もちろん、中には職を変える工員もいる。それまでいた工場をやめて、別の工場に移るのだ。しかし仕事の中身は似たり寄ったり、賃金もどっこいどっこいで、労働時間が短くなることは絶対にない。

「サム」ジョニーが歩きながら言った。「おれたち、そろそろ働き口を見つけないとな」

「そうだとも」サムは相槌を打ったが、十秒後に棒立ちになった。「今、なんて言った、ジョニー?」

「職に就かなきゃと言ったんだ。今や一文無しだからな。考えに考え抜いたが、いっこうに名案が浮かばない。元手を稼がないといかんが、それには職に就く以外、道がない」

「だけど、ジョニー!」サムは叫んだ。「おまえ、今まで一度だって職に就いたことなんてないじゃないか。生まれてこのかた、まともに働いたことなんて一度も……」

ジョニーは鼻息も荒く言い返した。「冗談じゃない、あるとも。若い時分は働いてたさ――しかも掛け持ちだ。食料品店で配達の仕事をする一方――五週間だけだったが――ボーリング場でピンを並べてたんだ。おまえはどうだ。おまえこそ働いたことがあるのか?」

「おれか? もちろんあるさ。レスラーになる前は、一年間、トラック運転手をしていた」

「トラックって、どんなのだ?」

「砂利運びのさ。えらい量のセメントを運ぶこともあったが、たかだか百ポンドのセメント袋を降ろすのなんぞ、わけなかったぜ」

「だったら、この仕事は朝飯前だろうな」

「どの仕事だ?」

ジョニーは通りの向かい側のずんぐりした五階建ての建物を指さした。「〈タウナー皮革会社《レザー・カンパニー》〉。ドアの横に求人の張り紙がある。〝一名募集中〟だとさ」

サムは全身で身震いした。「いやだよ、ジョニー、やめてくれ」彼は掠れた声でささやいた。「革工場なんてごめんだ」

「革工場のどこが悪いんだ? 革ってやつは世界一、役に立つ代物じゃないか。あれから靴が出来るんだ。それに百姓が馬につける引き具も革で出来てる。そうだよ、もし革ってものがなかったら、百姓は馬を扱えない。百姓が馬を扱えなかったら、田畑を耕してジャガイモやらトウモロコシやら小麦を育てることもできないじゃないか。どうだ、サム、おれたちは革なしでは生きていけないんだ」

「わかったよ、ジョニー。それはおれも認める。革は大切だ。おれはなにも革が悪いって言ってるんじゃない。ただ、その——ひとつ所で働くっていうのがな! おれたちは長いこと、コンビを組んできた。十二年だ。その間、一度だってどこかで働く必要はなかった。おまえはいつも名案をひねり出してくれたじゃないか」

「そうだとも。しかしな、おれは最近よく考えるんだ——もしかしたらおれは間違っていたかもしれないと。働かないってのは、多分いけないことなんだ。この辺りの建物の中にいる連中を見てみろ。誰も通りをさまよい歩いたりしていない。みんなそれぞれの家があって、日に三度の食事をたっぷりとってるんだ。そして金を貯めて、年をとる頃には仕事も辞められるから……」

「つまり、馬車馬みたいに働いたら、仕事を辞められるって言うのか?」

「まあ、そうだ」

「それはおかしな道理だぜ、ジョニー。どうして働くのをやめるために一生働かなきゃならないんだ? せっかく今、働いてないんだから、それでいいじゃないか」

「おまえの説はもっともだ、サム。だが、おれたちはまだ朝飯も食っていない。昨日は夕飯を食わなかった。昼飯は言うに及ばずだ。だから、おれたちはこの街で仕事に就くんだ」

「なるほどな、ジョニー。でも、あの張り紙には〝一名募集中〟とある。二名じゃない、一名だ。さあ、どっちがあの職にありつくことになるんだ?」

「もし一枚でも手元にあれば、コイン投げで決められるんだがな。文無しじゃ仕方がない、神さまの思し召しに任せるってのはどうだ? あるいは工場の監督でも、求人担当のやつでもいいから。おれとおまえで同時に訪ねていって、そいつが選んだほうで決まりだ」

「しかし、そいつは最初に入ってきたほうを選ぶんじゃないか?」

「二人同時に入るのさ。徹底的にフェアにやろうぜ。もしおれが仕事にありついたら、金を持って、五時にここでおまえと落ち合おう。もしおまえに決まったら、おれのほうが待っている。フェアだろう?」

「そうなんだろうな」サムはしぶしぶ認めた。「でも、なんだかおれが貧乏くじを引きそうな予感がする」

サムは深々と息を吸うと、ゆっくりと吐き出し、ジョニーについてタウナー皮革会社《レザー・カンパニー》の建物に入っていった。

中に入ると短い階段があり、その先にガラス張りのドアがあった。ジョニーがこの二番目のドアを押し開けると、そこはオフィスになっていて、三、四十人の事務員がそれぞれのデスクで忙しく働いていた。

すぐ正面に小さな電話交換器の置かれたデスクがあり、椅子には若い女が座っていた。飴色の髪をした美しい女で、若さの持つ魅力にあふれていた。その彼女から問いかけるような視線を向けられ、ジョニーは勢いづいた。

「これはこれは」彼は言った。「期待していたよりだいぶいいぞ」

「いったい何を期待していらしたのかしら」女は涼しい顔で尋ねた。「頭が二つあるタコとか?」

「こいつは参った《トゥーシェ》」ジョニーは叫んだ。「ブルックリンじゃ、タッチと言うんだがね。実は、ぼくはシカゴの独身男の行動を調査しているんだ。独身男、彼はこの街では余所《よそ》者だ。これが土曜の夜だとして、そんな独身男がちょっとした娯楽、というか、お楽しみを味わいたいと思ったら、どこに行くかな」

「その独身男の経済状態によるでしょうね」女は言った。

「男の所持金が——二ドルだとしたら?」

「二ドル? だったら、クライボーン通りの〈クライボーン・ダンスホール〉、別名〈バケット・オブ・ブラッド〉ね」

「〈血のバケツ《バケット・オブ・ブラッド》〉? いかした名前だな。ううむ、では、かの独身男がもうちょっと大金、たとえば二十ドルぐらい持っていたら、どこへ行く?」

「そうね、それだけあれば、〈カレッジ・イン〉か〈エッジウォーター・ビーチ・ホテル〉、それかイースト・ラッシュ通りの〈シェ・ホーガン〉にでも行けるかもしれないわ。もちろん、女性連れならの話だけど」

「ああ、なるほど、女性か。そこは肝心なところだ。しかし、余所者の独身男がナイトクラブに付き合ってくれる若い女をどうやって見つけるんだ？」

「あら、街角に立って、通りかかる女の子たちに口笛を吹けばいいのよ。何発か顔を平手打ちされたあげく、留置所送りになりかねないけど、それで女の子をものにできるなら、お安いものじゃないかしら。さあ、お客さま、何か他にご質問は？」

「ああ、きみはここじゃなんて呼ばれているんだい？」

「『おい、きみ』よ。ナンシー・ミラーという名前があるのにね。さあ、冗談はここまで。仕事に戻らないと。で、あなたは何を売り込みにいらして、誰に断られたいの？」

「聞いて驚くなよ、ナンシー。売り込みたいのは――われわれだよ」ジョニーは女にほほえみかけたが、返ってきた眼差しは鋭かった。

「ドアの外に古い小さな張り紙があっただろう、求人の」

「まあ、そうだったの！」ナンシー・ミラーは驚いて言った。「すると、あなた方は職を探しているのね！」

「こいつはね」すかさずサムが言った。「おれは違う」

ジョニーはサムを無視した。「そうなんだよ、ナンシー。他に土曜日までに二十ドル手に入れる方法なんてないだろう？」

「あなたのキャデラックを担保にして借りればいいわ」

「キャデラックを持っていればね。やれやれ、からかわないでくれよ、お嬢さん。こっちはもうあとがないんだ。どんな仕事なのか、情報をもらえないかな」

「もちろん、いいですとも。工場労働よ、実際にその二本の手を使っての。報酬は三十二ドル――」

「三十二ドルだって！」ジョニーは叫んだ。

「――週四十時間労働の場合はね。でも四十四時間働いた場合は、週給三十六ドル五十セントになるわ」

「あまりたいした額じゃないな」

「そうだ」サムがわめいた。「そのとおりだ。そんなはした金じゃ、とても働けないね。せっかくだが遠慮しとくよ」

ジョニーは厳しい目でサムを見た。「今のおれたちが週にどれだけ稼げると思うんだ？」そしてナンシー・ミラーに向き直った。「男ならどこかで踏み出さなきゃならない。ここみたいな大会社なら、昇給の機会もあるんじゃないかな」

「ええ、確かに。仕事に打ち込んで懸命に働けば、週に三十八ドルか四十ドルはすぐに稼げるようになるわ。そう、六年ぐらいで」

サムはうなったが、ジョニーはしぶしぶながらうなずいた。「おれたちに選択の余地はなさそうだ」

「どういう意味、おれたちって？求人は一名だけよ。申し込みたいのはあなた方のどちらなの？第一、雇うのはわたしじゃないわ、ミスター・ジョンソンよ。彼に会いたい？」

「そうできたら、恩に着るよ！」ジョニーは言った。「ぜひ、そのミスター・ジョンソンとやらに会わせてくれ。そうなれば――」彼はサムを見やった。「最適なほうが職を勝ち取るだろう」

ナンシーは首を振って電話を繋いだ。ほどなく彼女は電話口に向かって言った。「ミスター・ジョンソン、例の仕事に応募したいという方が二名、お見えですが……はい……はい、承知しました……お伝えします」彼女は電話を切った。「すぐに降りてくるそうよ」

「おれたちがまともそうに見えるか、訊かれなかったかい?」

「ここにはいかにも怪しげな人もやって来ますからね。いちいち……」

「わかった」ジョニーは言った。「もしおれに運があれば、土曜の夜には二十ドル手にしてるだろうさ」

「冗談でしょう?」

「いたって本気さ、ナンシー。きみはぼくの好みにぴったり――」

「そこまでにしてちょうだい。わたしは工員と付き合う気はないの」

「女ってものは」ジョニーは苦々しげに言った。「無職の男とは付き合っても、まっとうな労働で手を汚している男とは――」

「いい加減にして」ナンシー・ミラーはぴしゃりと言った。「あなたが仮の話で尋ねるから、わたしも仮の話で答えたまでよ。職に就いていようがいまいが、あなたと付き合うなんて言った覚えは一度もないわ。わたしには婚約者《フィアンセ》がいるんですもの……。こちらの方々です、ミスター・ジョンソン……」

第二章

ジョニーが振り向くと、ちょうど近くのエレベーターの開いたドアから職工長のジョンソンが出てくるところだった。白髪で齢は五十絡み、褐色の作業着を着ている。ジョニーとサムの手前で立ち止まると、値踏みするように二人を眺めた。やがて彼は口を開いた。「先口はどっちだね？」

「二人一緒に来たんですよ」ジョニーがすかさず答えた。

「そこの彼女から給料の額は聞いたか？」

「週給三十二ドルとか」

「そのとおり。残業は五割増しだ」ジョンソンはそう言って舌打ちをした。「以前に比べれば優遇だ。きみたちはどうしても仕事がほしいのか？」

「是が非でも。一週間働いて三十二ドルもらえるなら」

ジョンソンは鼻を鳴らした。「問題はそこだ。きみたちが仕事をほしいのは金が必要だからだ。つまり、もっと割のいい仕事が見つかったら、二週間で辞めてしまうんじゃないのか？」

サムが早くもうなずきかけたが、ジョニーはすんでのところで引っかからなかった。「いやいや、ジョンソンさん、途中で辞めたりしませんよ。それにわれわれは重労働も厭いません。サムはかつてはレスラーだったんです。革の詰まった樽だって片手で持ち上げてみせますよ。サムにとってはきつい仕事なんて存在しないんです。一日中働いても、まったく疲れ知らずだ」

裏切者め、サムの恨みがましい視線がそう語っていた。

ジョンソンはジョニーをつくづく眺めた。「どうもきみは友達のほうを売り込みたいようだな」

「いやいや」ジョニーは答えた。「おれだってせっぱつまっているのはサム同様です。しかし、おれたちは昔からの友人でしてね、互いによくわかり合っている。どっちが仕事を得るかは場合によりけりだ。こいつにはおれよりうまくやれることがいくつかあるんです。もし、この仕事に腕力と忍耐力が必要とされるなら——」

「それは必要ない」ジョンソンが言った。「この仕事は一日中座って行う、いわゆる仕分け作業だ。ここで一番たやすい仕事だよ」彼は眉を寄せた。「実際のところ、頭の回転が鈍いほど向いていると言える。そんなわけで、採用者は——」ジョンソンは突然、サムに視線を向けた。「きみだ！」

サムは思わず後ずさった。その顔から血の気が引いていく。「おれ？」

「そうだ。きみのフルネームは？　名字はなんというのかね？」

「クラッグ」サムは掠れた声で答えた。「サム・クラッグ」

「よろしい。それでは、サム。さっそく仕事に取りかかって——」

不意に電話交換手のナンシーが呼びかけた。「ミスター・ジョンソン、ミスター・ケスラーがお話があるそうです」そしてジョンソンに電話機を渡した。

ジョンソンは電話機を受け取った。「ああ、カールか、何事だ……？　なんだって……？　なるほど、かえって好都合だ。どうせ、あいつは厄介者以外の何者でもなかったからな」ジョンソンは受話器をフックに叩きつけ、ナンシーに返した。そしてくるりと振り向くと、ジョニーに人差し指を突きつけた。

「今日はついてるな、きみ！　結局、きみとお友達は離れ離れにならずにすむぞ。仕分けの作業員がひとり、急に辞めたのだ。つまり、求人は二名になった。きみたち両方とも雇おう。来たまえ！」

　ジョニーは見えない拳で殴られたかのようによろめいた。その腕をすっかり元気を取り戻したサムがすかさずつかみ、近くのエレベーターに引っぱっていった。ジョンソンは二人のあとからエレベーターに乗り込むと、ドアを閉め、ロープを引いた。エレベーターはがたがたと揺れ、あえぐような音を立てながらゆっくりと上がっていった。

　ジョンソンは新しく雇った二人をしげしげと眺めた。「流れ者か。近頃の労働者はみなそうだ。職場を転々と渡り歩く。しかも最低限しか働かない。常に、より楽でより稼げる仕事を探している。社会保障か、ふん！　わが国で一番愚かな制度だ。このわたしはただの一度だって職場を変えたことはない。十三の齢にここで働き始めた。それから三十九年だ。二十六からは職工長を務めている。その間ずっと懸命に働き、会社も報いてくれた。今は毎年二週間の休暇を取っている——もちろん、有給だ！」

　エレベーターが五階でとまると、ジョンソンは波形鉄板のドアを開けた。「さあ、着いたぞ。わたしはこの階《フロア》全体の監督をしている。従業員は九十二名——男が六十四名に女が二十八名だ。この樽の間を通り抜けると——」

　エレベーターの前には両脇に木の樽を積んだ通路がまっすぐのびていた。四個分の樽を積み重ねた高さはコンクリートの天井にほとんど届きそうだ。ジョニーは通路を歩きだそうとしたが、ひとりの男が向こうからやって来たので、先に通すために脇に寄った。通路は二人がすれ違えるほどの幅はなかったからだ。

その男は図体が大きく、齢は三十前後といったところで、太く突き出た眉をしていた。小さな包みを脇に抱え、コートを着て帽子をかぶっている。その形相は恐ろしく険悪だった。

男は通路を歩いてきて、ジョンソンを見るなり、床に唾を吐いた。「くたばれやがれ、ジョンソン、貴様も、貴様の仕事もな！」

「上等だ、カーメラ」ジョンソンは冷ややかに言った。「階下《した》のオフィスで給料を受け取れ。厄介払いができてうれしいよ」

「こっちこそ、こんなとことおさらばできてせいせいするぜ」カーメラはエレベーターに乗り込みながら怒鳴った。彼はドアを閉めかけたが、数インチだけ残して捨て台詞を放った。「それから、公爵《ドゥーク》の野郎もくたばるがいい！」そして荒々しくドアを閉めた。

ジョンソンは首を振った。「ろくでなしめ。そもそも雇うべきではなかったんだ」

「おれは今の男の後釜ってわけですか？」ジョニーは尋ねた。

「そうだ。きみがどんなにひどい労働者だとしても、あの男以下ということはあり得ない。それだけが救いだ」ジョンソンは深々と息を吸い、樽の間の通路を歩き始めた。ジョニーとサムもあとに続いた。

革工場の五階は広大だった。数百台に及ぶありとあらゆる種類の機械が据えられ、長い作業台がいくつも並び、革製品の材料が詰まった無数の樽と、革を乾燥させる巨大な棚が置かれている。革を伸ばしたり叩いたりする機械が甲高い音を立てていた。どこまでも雑然としていながら、すばらしく効率的な作業場だった。

なめし皮工場からここに送られてくる革はどれもみな、寸法が非常に大きく、しわが寄っていて不揃いな状態だ。機械がそれらをならしながら、かかとや月型芯、ふまず芯、本底や中底の型に合わせて切り出す。その革を別の機械がさらに裁ち、削ったり漉いたりして形を整える。次に膠《にかわ》の大桶につけることで、革は固く丈夫に、そして水を通さないようになる。そのあとまた別の機械で部品ごとに成形されてから、ようやく箱や樽に詰められ、世界中の製靴工場へ出荷されるのだ。

この革工場で靴が作られることはいっさいない。代わりにありとあらゆる部品が作られ、製靴工場へ売却される。製靴工場ではそのひとつひとつを縫製して鋲を打ち、靴として出来上がった段階で商品化する。月型芯は六、七セント、かかとも同じぐらい、底革は十二、三セントで売買される——一足の靴を作るのに必要な部品は合わせて二ドルにも満たないが、これが製靴工場で組み立てられ、店頭に並べられると、値段は九ドル九十九セントになるのだ。

ジョンソンはジョニーとサムを広い作業場の奥のほうへ連れていった。奥では壁に沿ってゆうに百フィートの長さはある作業台が据えられていた。作業台は十フィートほどの幅で区切られている。それぞれの区画でひとりずつ、背の高いスツールに腰掛けた男たちが、月型芯、すなわち、靴のかかと周りの型崩れを防ぐ半円状の補強芯を仕分けていた。作業台の後ろに天井からぶら下がっているのは乾燥用の金網棚で、中には三、四百組の月型芯が入っている。前日、巨大な機械で成形されたのが、膠や蜜蠟でまだ湿っているのだ。

じゅうぶん乾いたところで、月型芯は仕分け用の作業台にどさりと落とされる。その月型芯をヘビー・ミディアム・ライトの三段階に分類して、鋭利な革裁ち包丁《レザーナイフ》で不要部分を切り落とし、最後に輸送用に束ねるのが男たちの役目だ。四枚の月型芯を合わせて逆さにしたものを、別の四枚束に押し込む。それらの束は作業台に積み上げられ、やがて砂糖やリンゴの中古樽に詰められる。それぞれの樽に千組から千二百組は入る。樽は粗い麻布で包まれ、謄写版で中身を印刷されたあと、倉庫に納められるか、あるいは製靴工場に出荷される。

この長い仕分け台の端まで来たところで、ジョンソンはジョニーとサムの扱いを副職工長の男に引き継いだ。カール・ケスラーという名前の中年のオーストリア人で、言葉に訛りがある。

「新入りだ、カール」ジョンソンはそう言うと、長い作業台を見下ろした。「二人を隣同士に置くんじゃないぞ。友人だから一日中喋り続けるに違いない」

「でしょうね」ケスラーが応じた。「無駄話をしないように見張ります」

ジョンソンが立ち去ると、ケスラーは何やら楽しそうにジョニーとサムを見た。「さあ、きみたち、仕事に取りかかろうじゃないか」彼は近くにある無人の作業台に歩み寄った。ジョニーとサムも続いた。

ケスラーは月型芯を手に取った。「これが何かわかるかな?」

「革を厚く切ったもんだ」サムが答えた。

「そう、そのとおり。これは月型芯といって、かかと部分の表革と裏革の間に入れる補強材だ。この束は2MOX0、つまり紳士用オックスフォード靴、0サイズの二等級という意味だ。七アイアンで――」

「アイアンっていうのは?」ジョニーが尋ねた。

「革の厚みのことだよ。一インチが四十八アイアンだ。さあ、ここからがきみらの仕事だ。これをすべて、ヘビーとミディアムに分けるんだ、こんなふうに――」ケスラーは月型芯を左手に叩きつけ、きつくねじった。「こいつはヘビーだ」そして別の月型芯を取り上げた。「こっちのも」

「もしここにあるのが七アイアンばかりなら、どうして全部ヘビーにならないんです?」

「革には一枚として同じものがないからだよ。月型芯には大動物の皮のあらゆる部位を使用する。これは肩の部分、こっちは頭部で、そっちは――そっちが一番上等で、ベンドから――」

「ベンド?」

「背中から取った幅一フィートほどの皮だ。底革はたいていその部分を使う。次に上等なのが肩。一番下が頭部だ。頭部にはむらがあるんだよ、固いのがあるかと思えば柔らかいのもありで。雌牛には無駄な部分はない、すべて何かしらの役に……」

「モーはどうです?」

ケスラーはぽかんとしてジョニーを見た。「モー? それはなんだ?」

「雌牛から取ったモーですよ」ジョニーはモーと鳴きまねをした。

ケスラーはけたたましく笑った。「ははは、そいつはいい。ははは……」ところが彼はそこで急に口をつぐむと、引ったくるように台から月型芯を取り上げた。そして左手にぴしゃりと叩きつけ、あいた手でつかんだ革裁ち包丁《レザーナイフ》でその縁を削り始めた。ジョニーが目を向けると、彼の肩越しに、ブルーのサージの背広を着た、背の高い、がっしりした体格の男が勢いよく歩いてくるのが見えた。

「やあ、カール、おはよう」大男はそばまで来ると、ケスラーにほがらかに声をかけた。

ケスラーは顔を上げ、そのとき初めて男の姿が目に入ったようなふりをした。彼はぺこぺこと、実際に腰の辺りまで頭を下げた。「おはようございます、ミスター・タウナー。恐縮です、ミスター・タウナー……」

タウナー氏がさえぎった。「エリオットの様子はどうだね？」

「申し分ありません、ミスター・タウナー。月型芯の選別にかけてはぴか一と存じます」

「それはうれしいことを聞いた。あまり甘やかせないでくれたまえ。他のみなと同じように扱ってやってほしいのだ……」

「かしこまりました、ミスター・タウナー、仰せのとおりに。恐縮です、ミスター・タウナー」

タウナー氏は機嫌よくほほえむと、立ち去った。ケスラーは月型芯をきつくつかみ、いかにも神経質そうにいじり回した。「あれがミスター・タウナーだ」彼はささやいた。「うちの社長《ビッグボス》だよ」

「会社の持ち主の？　民主党員ですかね？」

「いや、共和党員だ」

ジョニーが見ていると、タウナー氏は作業台のひとつの前で立ち止まった。

「あれが彼の息子、エリオットだ」ケスラーが掠れ声でささやいた。「目を向けるんじゃない」

ジョニーは月型芯をつまみ上げ、きつくねじった。「つまり、自分の工場で息子を働かせてるってわけですか？」

「そうだ。ミスター・タウナー自身がかつてそうやってビジネスを学んだんだ。会社を起こしたのは先代のハリー・タウナーだ。先代は今のミスター・タウナー――ヤング・ハリーが大学を卒業するとすぐ、彼を工場に入れた。各部門で一週間ずつ、それぞれの革部品がどうやって作られるか学ばせるためだ。それからセールスマンとして外回りをさせた。今はエリオットがビジネスを学んでいる。今週はわれわれの月型芯部門で預かっているが、来週はかかと部門に行く。三、四週間でここでの仕事を覚え、営業を始めるというわけさ」

ジョニーは作業台の先のほうをすばやく盗み見た。エリオットはハンサムな若者で、つなぎ服《オーバーオール》に褐色のシャツ、綿の作業用エプロンを身に付けているところは他の仕分け係と一緒だった。父親は楽しそうに息子と話をしている。

ジョニーはうんざりしたようにため息をついた。「彼は本当にここで一番の仕分け係なんですか?」

カール・ケスラーはジョニーを一瞥した。「冗談じゃない」

ジョニーはくすくすと笑った。「ああ、そういうことですか」

「朝は十時にやって来て、昼休みは二時間。ランチにわざわざミシガン通りのクラブまで――」

「あの身なりで?」

ケスラーは鼻を鳴らした。「手や顔を洗って、服を着替えるのに半時間もかけている。ヤング・ハリーはそんなふうじゃなかった。あの頃のわれわれは一日十一時間労働だったが、ハリーは他のみなと同じように朝七時にはやって来て……」

「あんたはそのときもう、ここにいたんですか?」ジョニーは驚きの声を上げた。

「言うまでもない。わたしはここに三十九年間いるんだから……」

「ジョンソンさんの話じゃ、あの人もここに入って三十九年ってことですが――」

「ああ、そうだ。彼はわたしの半年ほどあとにここへ来た。ほんのひよっこだった。わたしが仕事を教えてやったんだ。よくズボンの尻を蹴飛ばしてやったもんだ」

「今でもですか?」

「ふん。今じゃ、あっちは職工長だぞ」

ケスラーがおっかなびっくり右側を見ると、タウナー氏はすでに息子の作業台を離れ、どこかへ立ち去ったあとだった。「よし」ケスラーはジョニーに言った。「さあ、きみはここで仕事にかかれ」そしてサムに向かってうなずいた。「きみはわたしと一緒に来るんだ」

ケスラーはサムを連れ、エリオット・タウナーの作業台と隣り合わせのあいている台へ向かった。ジョニーは首を振り、月型芯をつまみ上げた。それをカール・ケスラーがやって見せたようにきつくねじり、台に置いて、二枚目の月型芯に取りかかった。ねじる行為にはなんの意味もないが、そうすることが必要だと思えたからだ。

第三章

ジョニーの左で舌を擦るような音がした。振り向くと、白髪に白いセイウチ髭の老人がこちらをにらんでいた。

「仕事は気に入ったかね？」その古参らしき老人は小声で言った。

「ああ」ジョニーは答えた。「文句なしだ」

「ふふん、どうだかな。ここはろくなところじゃない、若い者にとっては……」

「おやおや」ジョニーは軽い調子で言った。「おれには固い仕事に思えるがね。ジョンソンはここで三十九年間もやってるし、ケスラーは自分はジョンソンより前にここへ来たと言ってたが――」

「そうだ、それであんたはジョンソンがいくら稼いでるか知っとるかね？」

「週給五百ドルってとこかな」

「月に五百ドルももらっとらんよ。彼の週給は六十ドルで、カールにいたっちゃ――ここで三十九年も働いてきたってのに、いくらもらってると思う？　週給四十四ドルだ！」

ジョニーは口笛を吹いた。「ずいぶん悲観的な言い方だな」

「若いもんがくるとこじゃない。あんたみたいなのは自分で仕事を始めるべきだ。それでこそ金が稼げる。ドゥークを見てみろ――」

「ドゥーク？」

「ハリー・タウナー、世間じゃ彼をそう呼んでる、レザー・ドゥークと」

「ああ、公爵《デューク》か！」

「そう、ドゥークだ。シカゴで一番の金持ちだ。この工場の他に、なめし皮工場を四つと、六つの靴会社の株式、オフィスビルを二つ持っている。親父さんが財産を遺し、ドゥークがその金を倍に増やした。あと何年かすれば、若造のほうのドゥークがそいつをすべて……」

「向こうで月型芯を仕分けている、あの若いののことかい？」

「そうだ、あの青二才だ。わしは彼を航海に出る自分の船に迎えるように、あれこれ教えてやった。わしが船長だったのは知っとるか？　そうだ、ずっと船乗りをしていた。八年前、免許を取り上げられるまではな。今ではこうして革工場で働いとる。もう一年か二年すれば、お払い箱になるだろう。そしたらコペンハーゲンに戻るかもしれん」

作業台の先では、サムがカール・ケスラーから指示を受けていた。五分後、副職工長が立ち去るなり、サムはエリオット・タウナーに話しかけた。

「金は何時に持ってきてもらえるんだ？」

エリオット・タウナーは面白そうにサムを見た。「金を持ってくることはないと思うが」

「給料のことだよ！」

「わかってる。でも、ぼくは知らない」

「つまり、興味がないってことか」サムは喧嘩腰で言った。「おまえさんはボスの息子だからな、給料なんか気にかけやしないんだろう。働こうが働くまいが、こづかいが手に入るんだから」

「それはちょっと」タウナーは抗議した。「公平さに欠けるんじゃないのかな」

「不公平だっていうのか、このおれが！　おれの給料は週三十二ドルだ。おまえさんは？」

「二十ドル」

サムは目をぱちくりさせた。「なんだと？　おれをからかおうってのか？」

「それがぼくに支払われる全額だ。そしてセールスの仕事に移るまでに受け取る額のすべてだ。そこからは週三十ドルに昇給する。プラス少々の歩合かな」

「週二十ドルか」サムは鼻を鳴らした。「それじゃ、あんたの昼飯代にもなるまい。どうせ行きつけの贅沢なクラブで食っててんだろう？」

「それはたまには。金欠のときとか。あそこはつけがきくから」

「なるほどね、それでわかった。あんたは自分の昼飯代を払う必要がないんだ。すると親父さんか？　服の金も親父さんが払ってくれるのか？」

「もちろん」

「もちろん、ときたか！」サムはあざけった。「それでいて週に二十ドルで生活してるとのたまうのか」

エリオットの顔が青くなった。

「もういい加減にしてくれないか。これ以上はたくさんだ……」

「ほう、あんた、おれをクビにするって言うのか？」

「そんなわけないだろ！」エリオットはきっぱりと言った。「ぼくに誰かをクビにする権利なんてない。ぼくは職工長じゃない。ここでは一介の労働者なんだ、あんたと同じように。もっとも、まだ一度もあんたが働いているところを見たことないが……」

「ひょっとして、スパイなのか？　労働者を見張ってるんだ。親父に告げ口して、おれをクビにするつもりだな。貧しい労働者をこき使って、ずっとひもじい思いをさせておいて、働けなくなったらお払い箱にする気だろう」

「誰かが無理にあんたをここで働かせているのか？」エリオット・タウナーはかっとして言った。「ジョンソンが街であんたを脅迫して、この仕事に就かせたのか？　あんたは自由の身なんだ。いつでも好きなときに辞めればいいじゃないか」

サムがなおも毒づこうと口を開きかけたちょうどそのとき、職工長のジョンソンが積み上げた樽の間から出てきた。

「きみ、クラッグ！」ジョンソンは鋭い口調で言った。「力自慢のきみにぴったりの仕事を見つけてやったぞ。奥に来い」

サムは作業台の先のほうにすばやく視線を送ったが、ジョニーがこちらをにらんでいるのを見ると、樽の間をおとなしく職工長についていった。

ジョンソンがサムを連れていった先では、浅黒い肌の大男が、月型芯の詰まった樽を移動式リフトのプラットフォームに載せるのに悪戦苦闘していた。「おい、ジョー」ジョンソンは大男に呼びかけた。「新しい助手を連れてきてやったぞ。こいつにクランクを回させろ。そうすれば揉め事を起こす暇もないだろう」そしてサムをひとにらみすると、大股で立ち去った。

「やれやれ」サムは聞こえよがしに言った。「なんだよ、ここは――世間で話題の労働者搾取工場か？」

大男はこそこそ辺りを見回して、近くで聞き耳を立てる者がいないのを確認すると、サムに言った。「ゆっくりやれ。それなりの賃金にはそれなりの労働でいこう」そして鉄製のクランクを渡した。「さあ、こいつを回せ。だが急ぐんじゃないぞ。時間はたっぷりあるんだから」

サムは顔をしかめながら、リフトの寸法を見計らった。リフトはちょうど樽ひとつ載せられる大きさのプラットフォームと鋼鉄製の枠から成り、八フィートほどの高さがあった。巻胴《ドラム》に巻かれた鋼鉄製ケーブルでプラットフォームを上げ下げするが、上げる際にはクランクを差し込んで、思いどおりの高さになるまで回転させる必要があった。

ジョーはプラットフォームに樽を置き、自分も飛び乗った。「よし、回してくれ」

サムは正しい位置にクランクを差し込んで回し始めた。たいして力のいる仕事ではなかった――サム・クラッグにとっては。樽の重さはたったの二百ポンドかそこらで、ジョーの体重が加わったとしても、全部でせいぜい四百ポンドだ。たいしたことはない、サム・クラッグほどの力持ちであれば。

リフトは樽三個分の高さまで上がった。「よし」ジョーが上から叫んだ。「ブレーキをかけろ……」

「了解」サムは応じて、クランクを引き抜いた。

もしすばやく飛び退かなかったら、サムの足は粉々に砕けるところだった。彼がクランクを引き抜いたとたん、凄まじい音とともにプラットフォームが落下したからだ。ジョーのほうは幸いにも鉄枠のてっぺんにつかまり、今はそこにぶら下がりながら、うなったり、イタリア語で神の名を唱えたりしている。

「なんてやつだ！」ジョーはうめくように言った。「ブレーキをかける前にクランクを引き抜きやがった」彼はつかんでいた手を放し、床に飛び降りた。サムは相手が無傷なのを見て、再び足を踏み出した。

「どうして最初にブレーキをかけろと言ってくれなかったんだ?」サムは不服そうに言った。

「それはばかでもわかるだろう」イタリア人はいきり立った。「機械のあるところで働いてる人間なら誰でも、ブレーキをかけなかったらどうなるか知っている」

「おれは一度も機械のそばで働いたことがないんでね」サムも嚙みつき返した。「それに、もうこれ以上いたくもない」

「だったら、どうしてとっとと辞めないんだ?」

「相棒がそうさせてくれないのさ。おれはもとから仕事なんかしたくなかったのに、相棒に無理強いされたんだ」

「最近じゃ、他にいくらでも勤め口があるぜ」

「どんな仕事だろうと気が進まないね。おれは一度だって働く必要はなかったんだ、ガキの時分から」

「おまえさん、金持ちの出なのか?」ジョーは皮肉った。

「いや、おれは金持ちなんかじゃない。でも、見てろ……」サムは突然身を屈めると、リフトとともに砕けた樽に手をかけ、軽々と頭上に持ち上げた。そして前に進み、樽が三つ重なっているその上に置いた。

「こいつは驚いた!」ジョーは叫んだ。「その樽は二百ポンドはあるんだぜ」

「おれにとってはピーナッツの袋みたいなもんだ」サムは胸を張った。「おれは世界一の怪力だからな」

「おおいに納得だ」ジョーの声には尊敬の響きが込められていた。

「もうこんな機械をいじくるのはやめようぜ」サムは言った。「あんたが樽を積んでほしいところを教えてくれれば、おれがそのとおりに積むから。長いことろくに身体を動かしてないからな、小一時間もこの樽を持ち上げてたらいい運動になるだろう」

三十分後、ジョニーが月型芯の束を不器用に樽に詰めているところに、職工長のジョンソンがやって来た。

「きみのユニークな相棒は」ジョンソンは不機嫌そうに言った。「サーカスの怪力男か?」

「はあ、一度サーカスにいたことはありますが。どうしてまた……」

「奥で月型芯の樽を五、六フィートの高さまで持ち上げている」

「どれも二百ポンドぐらいしかないんでしょう?」

「冗談だろう?」

「いや、サムは世界一の怪力ですから」

「数分前に彼も同じことを言っていた。しかし――」

ジョンソンが言葉を切ったのは、騒々しい機械音の向こうで突然、恐怖に満ちた悲鳴が上がったからだ。それはサムが働いている、樽の積んである方向から聞こえた。ジョニーは月型芯の束を放り出し、樽置き場の裏手に続く通路に飛んでいった。

通路を突進し、奥の暗がりに行き着くと、ジョニーは叫んだ。「サム! サム、大丈夫か?」

「ああ、大丈夫だ、ジョニー」サムの返事が聞こえた。「でも、ちょっとこっちへ来てくれ……」

二十フィートほど先の、積み重ねた樽の後ろからサムが飛び出してきた。ジョニーは彼に駆け寄ろうとして、通路からよろよろ出てきたジョーとぶつかった。

「喉が――喉が切られてる」ジョーはぶるぶると震える声で言った。

ジョニーはジョーを押しのけ、樽の間の狭い通路に踏み出した。半分ほど進むと、樽ひと積み分、取り去られたところがあり、その狭い空間に男がへたり込んでいた。男は死んでいた。

第四章

男の目は大きく見開かれ、喉は耳から耳までかき切られていた。ジョニーはひと目見るなり、後ずさりした。通路の端から覗き込んでいたジョンソンが掠れた声で叫んだ。「そいつは誰なんだ?」

「おれが知るわけないでしょう」ジョニーは噛みつくと、身振りで示した。「ここのボスはあんたなんだ、ちょっと見てくださいよ」

ジョンソンはぶるりと身震いしたが、なんとか気を取り直し、ジョニーの横を通り過ぎて通路に足を踏み入れた。彼は死んだ男の顔を見るなり、息をのんだ。

「アル・パイパーじゃないか!」

「ここの工員ですか?」ジョニーは尋ねた。

「革漉《す》き機を動かしていた」ジョンソンはやっとのことで声にした。「彼は——彼は自殺したに違いない」

「こいつが——ええと、なんでしたっけ、革裂き機を動かしてたから?」

「革漉き機だ。いや、それはともかく、アルは今日、仕事に復帰したばかりだった」

「休暇だったんですか?」

「そう言っていいだろう。アルは半年ごとに休みを取っていた」

「そいつはまた気前のいい会社だ、年に二度も休暇をくれるなんて」

「会社はそんなことはしない。アルが勝手に取っている――いや、取っていたんだ」ジョンソンは深々と息を吸った。「アルは周期性のアルコール症だった。半年間まともに働いたかと思うと、浴びるほど飲む。たいていは七日か十日で収まって、また次の半年間はまともに戻る」ジョンソンは振り向き、カール・ケスラーがこちらを見ているのに気づいた。「アルは今回、何日ぐらい飲んでたんだ？」

「十二日間です」

「いつもより長めだな。様子はどうだった？」

「悪くなかったですよ。危なっかしいところはありましたが、そうひどくはなかったと思います」

ジョンソンは首を振った。

「重荷に耐えられなかったのかもしれないな。彼は悪い男じゃなかった、働いているときは。あの革漉き機を動かして……そう、二十年近くになるに違いない」

「おそらく、それが原因なんじゃ」ジョニーは言った。

ジョンソンはきっとした目でジョニーを見た。

「革漉き機はここで一番簡単な仕事だ。月型芯の仕分け作業を除いてな。一日中スツールに腰掛けて、平らな月型芯を革漉き機に入れていればいいんだから」ジョンソンは不意に顔をしかめた。「おまえたち、なんだってここをうろつき回っているんだ？　とっとと作業に戻れ」

通路をふさいでいた工員たちはたちまち四方に散っていった。ジョニーですら戻っていったが、サムはその場に残った。「おれはあそこで樽を積もうとしてたんだが……」

「それはあとでいい。仕分け台に行け。わたしはこの件をミスター・タウナーに報告しなければ」

ジョンソンの頭に警察は浮かばなかったようだ。タウナー氏こそ革工場の最高権威であり、何事か起きたときは彼に報告するのが筋なのだ。しかし、タウナー氏は警察に通報したに違いない。十五分もしないうちに、殺人捜査課のリンドストローム警部補が五、六人の警官を引き連れてやって来た。警官たちは懐中電灯を手に、積まれた樽の間を探索し、次に月型芯の階《フロア》を隈なく調べ、機械を見て回った。奥の関係なさそうな場所にいた工員まで厳しく取り調べたので、神経質になった彼らのうち、成形機の担当者が機械に親指を挟まれ、指先をほんのわずか失ってしまった。彼が応急室に連れていかれたあと、リンドストローム警部補がジョンソンに案内されて月型芯の仕分け部門にやって来た。

二人はサムをつかまえて質問を始めた。ジョニーは相棒が苦境に陥っているのを見て、月型芯を手に作業台に沿ってゆっくりと近づいていった。彼がそばまで来たとき、リンドストローム警部補はサムにちょうどこう言っているところだった。「きみの言い分はそうでも、きみには今日より前、絶対にパイパーに会ったことがないとは証明できまい……」

「今日会わなかったことは確かだぜ」サムは嚙みついた。「見たときにはもう死んでたんだから」

「運がよかったな、サム」ジョニーが割り込んだ。

リンドストローム警部補はすばやくジョニーに目を向けた。「きみは誰だ?」

「フレッチャーといいます。ジョニー・フレッチャー」

「この男の相棒です」ジョンソンが説明した。「二人一緒に雇ったんです」

「二人組として?」

「いやいや——たまたま二人必要になったもので」ジョンソンは突然顔をしかめた。「そうだ、わたしがこの男を雇ったのは」彼はジョニーを親指でさしながら言った。「カーメラ・ヴィタリがちょうど辞めたところだったので、その代わりにですよ。ああ、そう言えば、カーメラとパイパーは一か月ほど前に諍いを起こしたんだった」

「どんなことで？」

ジョンソンは肩をすくめた。「それは知りません。ただ、パイパーがカーメラの顔に月型芯の束を投げつけて、それでカーメラがパイパーを叩きのめしたんです」

「叩きのめした？　ほう、そしてカーメラは今日、パイパーが休暇を終えて戻ってきたのと入れ違いに仕事を辞めたわけだ。ううむ」リンドストローム警部補は口をすぼめた。「そのカーメラという男の住所はわかるんでしょうな？」

「ええ、もちろん。今、調べて――」

「ちょっと待ってください、ミスター・ジョンソン」リンドストローム警部補は不意にジョニーを見た。「カーメラはきみに、今日仕事を辞めるつもりだと話したんじゃないか？」

ジョニーはやれやれというように笑った。「そんなんじゃ、とてもおれを捕まえるのは無理ですよ、警部さん」

「警部補だ！」リンドストロームはぴしゃりと言った。その目が怒っている。「きみは少しは頭が回るようだな」

「まあ、ぼちぼち。この建物の外に張り紙があったんですよ、求人の。サムとおれはそれを見て申し込んだんです。先にサムが雇われて、それからミスター・ジョンソンが、そのカーメラってやつがたった今辞めたと聞いて、おれを雇うことに決めたんです。カーメラって男のことでおれが知っているのはそれだけです。それ以上でも以下でもない。アル・パイパーには一度も会ったことがありません。この工場自体、今朝初めて見たんですから」ジョニーは胸を張った。「おれは何も隠し立てなんかしてません。それはサムも同様だ。あんたは時間を無駄にしてますよ」

リンドストローム警部補は声を荒らげた。「仕事に戻れ」

だが、その瞬間、ジョニーが仕事に戻る必要はなくなった。フロアにぎょっとするほど大きなベルの音が鳴り響き、月型芯の作業台にいた工員たちがいっせいにロッカー室に続く通路に押し寄せた。ジョニーが壁に掛かった大時計を見ると、二つの針が十二の文字で重なっていた。昼休憩の時間だ。

工員たちはすぐに新聞紙に包んだ昼食を手に作業台に戻ってきた。リンドストローム警部補はジョニーとサムをその場に残し、ジョンソンとともに立ち去った。

ジョニーは作業用エプロンをはずしているエリオット・タウナーに近づいていった。「おれたちと昼飯を食わないか？」

「ぼくは通りの向かいの食堂でサンドイッチを食べるだけなんだが」エリオットは答えた。

「おれたちもサンドイッチでけっこうだ」

エリオットは眉をひそめてサムを見た。「まあ、いいでしょう」束の間ためらったのち、彼は言った。

「ものすごく腹がへったな」エレベーターに向かいながら、サムが言った。「あの樽と格闘したんだから。サンドイッチを二つ食べて、ビールを飲むぞ」

彼らはスピードの遅い貨物用エレベーターで階下に降りた。オフィスを通り過ぎるとき、ジョニーはナンシー・ミラーの姿を探したが、彼女はいなかった。ジョニーは首を振り、エリオット・タウナーについていった。外に出て通りを渡り、薄汚れて不快な匂いのする食堂に入った。カウンターに腰掛けはなく、工員たちが列を作っていた。メニューは壁の石板に書いてある。

「おれはコンビーフ・サンドイッチを二つ」ジョニーが言った。「それとビールだ」

「おれも同じのを。だがビールは二杯で」サムが続けた。

サンドイッチが手早く作られ、ジョニーとサムはさっそくかぶりついた。そしてエリオット・タウナーがやっとひとつ食べ終える前に、二つ目も平らげてしまった。

「パイもほしい」サムが注文した。

ジョニーはうなずいた。「おれも。エリオット、あんたは?」

「いや、ぼくはこれでじゅうぶんだ」

ウェイターが伝票を三枚打ち、カウンターに置いた。エリオットはそれを選り分け、自分の分を手に取った。ジョニーは突然寒気に襲われた。彼の伝票には一ドル十セントと打たれている。サムも同額だ。

「ええと、ミスター・タウナー」ジョニーは言った。「おれはちょっと金欠なんだが――なにせ働き出したばかりなもんで。すまないが――」

エリオット・タウナーは険しい目を向けた。「もしかして、あんたがぼくとランチに来たのは――」

「いやいや、まさか。ただ、ちょっとばかり金が足りないんで――」

「どのぐらい足りないんだ?」

「ええと、おれの伝票は一ドル十セント、サムのも同じなんで、二ドル二十セントだ」

「それじゃ全額じゃないか。いくらかは持っているはず……」

「それが、からっけつってやつで。いや、もちろん給料から引いてもらえれば」

エリオットは怒りを爆発させた。「そこのあんたのお友達にもさっき言ったばかりだが、タウナー皮革会社《レザー・カンパニー》はぼくのものじゃない。ぼくもあんたたちと同じ従業員なんだ。週二十ドルもらって、それで生活をまかなわなければならない」

「親父さんに少しばかり援助してもらってな」ジョニーは皮肉っぽく言った。「それと職場に運んでくれるお抱え運転手と」

「あんたたち二人にはもううんざりだ」エリオットは腹を立てて言った。そしてドアに足を向けたが、ジョニーにすばやく合図されたサムが行く手に立ちふさがった。

「ちょっと待てよ、きょうだい」サムは荒々しく言って、片手でエリオットを制した。エリオットはその手を払いのけようとしたが、無駄だった。

「なあ、エリオット」ジョニーはなだめるように言った。「ここに二ドル二十セントの勘定書がある。おれたちにはこれが支払えない。タウナー皮革会社《レザー・カンパニー》の従業員が二人、レストランの勘定が払えなくて、職場で月型芯を仕分ける代わりに、午後いっぱい、通りの向かいで皿洗いしてたなんてことが世間に漏れたらまずいだろう?」

「ぼくにあんた方の面倒を見る義務はない」

「いや、あるとも」ジョニーはほがらかに言った。「あんたはタウナーの名を背負っているんだから……」

「いいだろう」エリオットはうなった。「あんた方の勘定とやらを払おうじゃないか！」彼はジョニーの手から伝票を引ったくると、レジに向かった。ジョニーとサムは入口で彼を待った。

三人でレストランを出たとき、ジョニーは言った。「悪く思わないでくれよな」

エリオットは彼をひとにらみすると、走って通りを渡っていった。

サムはつくづくうんざりしたように言った。「あんなやつは見たことがない。口に銀のスプーンをくわえて生まれてきたくせに、ほんのおこぼれも周りに与えようとしないんだから」

「もちろん」ジョニーは言った。「おれたちのやり方はかなり無作法だった。ここまで腹がへってなきゃ、あんなふうに彼にたかることはなかったんだが」

「おれはまだ食い足りない」サムがこぼした。「この空腹を埋め合わせるためには相当食わないと」

彼は口をゆがめた。「夕飯はどうする?」

「夕食のことはそのときが来たら考えよう。それまでは仕事で手いっぱいだからな」

「それと、殺しとな」サムが脅すように言った。「ひょっとすると、おれたち留置所に泊まることになるかもよ」

「ふふん」ジョニーは言った。「かもな」

第五章

ジョニーとサムは革工場に戻り、エレベータで五階に上がった。再び月型芯部門に向かうと、ジョニーの作業台でリンドストローム警部補が待ち構えていた。

「昼食はどうだったね?」警部補は尋ねた。

「まあまあだな」ジョニーは言った。「いつもほど豪勢じゃないが、悪くはなかった」

「だったら、午後はさぞかしいい仕事ができるだろう」

ジョニーは鋭い目を警部補に向けた。

「あんた、職工長にでもなったのか?」

「いやいや、きみの働いているところを見たいだけだよ」

「あいにく今は休憩時間でね」

ジョニーがその言葉を言い終わるか終わらぬうちにベルが鳴り、月型芯の仕分け係たちがいっせいにそれぞれの作業台に戻ってきた。ジョニーは月型芯を取り上げると、きつくねじり、警部補を見た。

「いいだろう、働くぜ」

「どうぞ」

ジョニーは二枚目の月型芯を取り上げたが、それがやや不完全なのを見て取り、革裁ち包丁《レザーナイフ》に手を伸ばした。しかし、そこにナイフはなかった。

「何かお探しかな？」警部補が尋ねた。

「おれのナイフがない」

「その辺にないのか？」

「なるほどね」ジョニーは言った。「あんたは最初からナイフがここにないことを知ってたんだ。だからこの辺りをうろついてたんだろ。いいか、あれはここにあったんだ、おれが昼食に出かけたときは」

「十二時にここにあったものが、今はないと？」

「アル・パイパーは革裁ち包丁《レザーナイフ》で殺された。あんたはそのナイフがおれのものだと言いたいんだろ。だが、そうじゃない。アルが発見されたのは十一時少しあとだ。おれはここで十二時までナイフを使ってた。証明はできる」ジョニーは隣の作業台にいるデンマーク人の老人のほうを向いた。

「なあ、じいさん、あんたはおれがナイフを使ってるとこを見たよな？」

老人はそれ以上ないほどしぶい顔をした。「わしは何も見とらん。仕事に集中しとったからな。他人事には興味がない」

リンドストローム警部補は無慈悲な笑みを浮かべたが、ジョニーはめげずに今度は右手にいる薄茶色の髪の四十男に話しかけた。

「お隣さん、あんたはおれが昼前にナイフを使っているところを見ただろう？」

薄茶色の髪の仕分け係は肩をすくめた。「昼前は忙しくしてたんでね」

「そりゃそうだ、月型芯を仕分けてたんだからな。だが、片時もそれから目を離さなかったってことはないだろう。どうしたって時々はこっちに目をやったはずだ。おれは何度もあんたのほうを見たぜ」

「おれは考え事をしてたんだ」

「おれだって考え事はするさ」ジョニーは噛みついた。「だが、周りの人間が何をしているかぐらいはわかる」

「それじゃ、教えてやるが」薄茶色の髪の仕分け係はきっぱりと言った。「おれはアーリントン（イリノイ州シカゴのアーリントン・パーク競馬場のこと）の第六レースで馬を走らせてたんだ。こいつは集中力が必要だぜ。今度、試しにやってみな。過去成績、枠順、騎手、体重、馬場状態、これを競馬新聞なしでやってみりゃあ、おれが言った集中力って意味がわかるだろう」

「わかった」ジョニーは言った。「で、第六レースはどれが勝つんだ？」

「ファイティング・フランク。やつは一分十秒で走れる、もし……」

「百二十六ポンドの目方じゃ無理だろう」リンドストローム警部補が大声で言った。

「やつは前にもその目方で勝ったんだから、今度も勝てるに決まってる」仕分け係は言い張った。

「おれはやつに賭ける」

「ほう？　わたしは同じレースでグリーク・ウォリアーに五ドル賭けるつもりだが」

「グリーク・ウォリアーは七ハロン（一ハロンは約二百メートル）向きだ。このレースは六ハロンしかない。アーリントンの馬は六ハロンじゃファイティング・フランクに勝てないね」

「スパイ・ソングはどうかな」

「あれはだめだ。調子に波があるからな。二歳のときはよかったが、それ以来、まるでさえない」

「お疲れさん、邪魔したな」ジョニーはそう言って、自分の作業台に向き直った。

リンドストローム警部補が驚いた様子で言った。「まだナイフの件が解決していないぞ」

「ああ、だが、あんたは競馬の件を解決したじゃないか。そっちに興味があったんだろ?」

「知ったふうなことを。われわれが本気できみを締め上げれば、そう威勢のいい口はきけないはずだ」

「試しにやってみたらどうだ?」ジョニーは切り返した。

「職工にしてはずいぶん大きな口を叩くんだな」リンドストロームが皮肉った。

「ずっと職工だったわけじゃない」ジョニーは言い返した。「さあ、よろしければ、おれは月型芯の仕分けに戻りたいんだが」

リンドストローム警部補はジョニーを意地の悪い目で見て、しばらくためらっていたが、やがて踵を返し、どかどかと立ち去った。ジョニーは作業台の月型芯に意識を集中した。彼は月型芯を取り上げ、ねじり、時折、形を切り揃えては、束にして積み上げていった。

ジョニーは度々、右手の方向で月型芯をねじっては束ねているサムに目をやった。サムは作業に集中するあまり、かなり険しい顔つきをしていた。その表情は午後の間、緩むことがなかった。彼はこの仕事に不満なのだ。

三時を少し過ぎたとき、カール・ケスラーがジョニーのそばで足をとめた。

「調子はどうだ?」ケスラーは尋ねた。

「きつい仕事ですよ」ジョニーは答えた。「いつも決断を迫られてる」

「どういう意味だね?」

「こうして月型芯を手にするたび、決断しなけりゃならない——これはヘビーかミディアムか、はたまた不良品か？　頭を働かせっぱなしだ」

ケスラーは訝しげにジョニーを見た。「眠っててもできるやつもいるんだが」彼はジョニーが束ねた月型芯を取り上げると、ばらにして一枚ずつ点検した。「どれもヘビーで問題ないな」

「ヘビー?」ジョニーは叫んだ。「そいつらはミディアムですよ」

「ミディアム?　じゃ、ヘビーはどこだ?」

「奥にある小さな山です」

カール・ケスラーは作業台の奥からさっと月型芯の束を取ると、一枚一枚調べ、顔をしかめた。

「これのどこがミディアムと違うんだ?」

「そっちのほうが固いでしょ」

「ふん」副職工長は不満げに鼻を鳴らした。「ここにあるのは全部ヘビーでいい。どれも七アイアンで、固さにたいした差はない。二、三十枚のうち、ミディアムはせいぜい一枚しかないはずだ。きみのやり方は間違っている」そして、やや躊躇したあとに続けた。「まとめて仕分けたほうがいい、ほら、こんなふうに……」彼は再びひと抱えのミディアムの束を取り、仕分け始めた。「あまりきつくねじっちゃだめだ。膠《にかわ》がはがれてしまう。これはヘビーだ……これと……これも……」

「少しばかり動揺していたもんでね」ジョニーは弁解するように言った。「仕事を始めた初日に殺しに出くわすなんてことはめったにないんで。この辺りじゃよくあることなんですか?」

ケスラーはぎょっとしたようにジョニーを見た。「冗談じゃない。こんなことは前代未聞だ」

「パイパーってやつは、ここで長く働いてたんですか?」

「そう長くはない。十六、七年ってとこだ。きみは知るまいが、彼は悪い男じゃなかった。多少、飲み過ぎるところはあったし、競馬好きだったが、それ以外では、家族思いの……」

「所帯持ちだったんですか？」

「そうとも、子供も三人いた。奥さんはこの件で気が動転しているらしい」

「亭主が殺されたとなりゃあ、たいていの女は取り乱すもんですよ」ジョニーは一瞬、間をあけて尋ねた。「犯人に心当たりはあるんですか？」

ケスラーは用心深く周囲を見回してから、声を落として言った。「パイパーはイタ公《ギニー》とひと悶着あったんだ」

「カーメラのことですか？」

「そのとおり。ほら、あのイタ公《ギニー》どもは半分がブラック・ハンド（シシリー島で結成され、十九世紀末から二十世紀初頭にかけてアメリカのイタリア系移民社会でゆすりや暴力行為を働いた犯罪結社）に属しているからな」

「ブラック・ハンド！　その名を聞くのは二十年ぶりですよ」

「いやいや、ここはリトル・イタリーだぞ。デス・コーナーはここから目と鼻の先だ。オーク通りやミルトン通りも。連中はそこで殺しに明け暮れていたものさ」

「どのぐらい前です？」

「そう昔の話じゃない。二十年か二十五年前だ」

ジョニーは首を振った。ケスラーの時間の観念は浮世離れしている。この副職工長にとっては、工場で十五年間働いてきた男も初心者同然なのだ。ケスラーは第一次世界大戦以前に使われていたイタリア人の別称であるギニーという言葉をいまだに使っている。そしてブラック・ハンド。二十五年も前に消滅したこの犯罪結社は、彼の頭の中ではまだ存在しているのだ。

タウナー皮革会社《レザー・カンパニー》はカール・ケスラーにとって人生そのものだった。彼はこの会社で三十九年間働いてきた。その間、二つの大戦が起きた。アメリカ流の生活様式は様変わりした。それを機に貧しい少年たちは百万長者になった。子供たちは成長して、結婚し、祖父の年代になった。

ジョニーは言った。「この殺しにブラック・ハンドが関わっているっていうのは、あんたの考えですか?」

「ああ、そうだ。カーメラはブラック・ハンドの一員で、パイパーと諍いを起こしていた」

「カーメラが今朝、仕事を辞めたのは、アル・パイパーとの喧嘩のせいですか?」

ケスラーは眉を寄せた。「そうとも限らないな。カーメラのここでの評判はあまりよくなかった。日に千四百組以上、仕分けたためしがない。それでわたしがもっとてきぱき働くように注意したら……」ケスラーは肩をすくめた。「機嫌を悪くして辞めてしまった」

「日に千四百組」ジョニーはつぶやいた。「けっこうな数に聞こえますがね」

「いやいや、ここの工員ならほとんどが二千組は仕分けられる。二千五、六百仕分ける工員と比べたら話にならない」ケスラーは競馬狂のクリフ・ゴフに身振りで合図した。「クリフ、昨日は何組仕分けた?」

「二千三百組ですよ」クリフ・ゴフは答えた。「でも、昨日は運が悪かった。午後に来た頭《ヘッド》んとこの革が七アイアン半もあったんで」

「それだとまずいんですか?」ジョニーはケスラーに尋ねた。

「頭部の革は固さにむらがあり、表面がでこぼこしているのだ。そういう革で作られた月型芯は、片側が鉄のように固く、もう片側が粥のように柔らかかったりする。ほら――」ケスラーは月型芯の山を手で示した。「見たまえ。美しい革だろう？　そっちは肩の部分から出来ているから、なめらかで平らなのさ」

突然、樽の間から職工長のジョンソンが姿を現し、近づいてきてジョニーとケスラーの間で立ち止まった。「彼はどんな調子だ？」ジョンソンは副職工長に尋ねた。

「初心者にしてはよくやってますよ」ジョニーが答えた。

「これまでに何組仕分けた？」

「千組ぐらいですかね」ジョニーは言った。「だいたいのところ」

「そこまでいってません」ケスラーが口をはさんだ。「六百組ほど足りません」

「それじゃあまり多いとは言えないな」ジョンソンは言った。「今朝の九時から取り組んでいたとすると」

「ここで殺しがあったことを忘れないでください」

「忘れたわけじゃない」ジョンソンはぴしゃりと言った。「だが、きみとしてはその件は忘れて、もっと自分の仕事に集中したほうがいいだろう。今日はまだほんの初日だということを忘れるな」

ジョンソンはもったいぶった足取りで立ち去った。ケスラーがそのあとを急ぎ足で追いかけ、身振り手振りで話しかけていた。ジョニーは彼らの姿を見送りながら、タウナー皮革会社《レザー・カンパニー》で働くのはかなり長期になるかもしれないと思い始めた。

ジョニーはせっせと月型芯を束ねては、しばらく両足を大きく広げて立ち、再び背の高いスツールによじ登っては、また立ち上がった。作業台に屈み込む姿勢のために背中が痛み、立つと今度は足が痛んだ。

四時になり、時計の針は四時半に向かってゆるゆると進んでいた。サムが持ち場を離れ、ジョニーのところに来た。「仕事は五時までだからな、ジョニー」

「おれが知らないと思うのか？　振り返って時計を見るのに忙しくて、すっかり首が凝っちまった」

「ふん。それはそうと、金はどうする？　飯を食わなきゃならないし、今夜の寝床も探さなきゃならない。どうだろう、給料の前借りを相談してみるってのは」

「おれもまったく同じことを考えてたところだ。ここで待ってろ」

サムをその場に残し、ジョニーはこの階《フロア》の正面、成形機がドタンバタンと喧しく作動している場所へ向かった。そして向こう側の膠のタンクの近くに、職工長の姿を見つけた。

「ミスター・ジョンソン！」ジョニーは騒音に負けないような大声で叫んだ。「少しばかり給料の前借りをお願いできませんか？」

「すまんな、フレッチャー」ジョンソンが答えた。「それは社の規則に反するんだ」

「でも、おれとサムはまったくの一文無しなんです。夕飯の金もない」

「もしわたしがきみらを雇ってやらなかったら、どうするつもりだったんだ？」

「そう深刻に考えていなかったんですよ。今ほど腹がへっていなかったんで。なにせ今日一日、一生懸命働きましたからね」

「それは一理あるな」ジョンソンはしぶしぶ認めた。「しかし規則は規則だ。きみらだけ特別扱いはできない」

「なるほどね、そうでしょうとも」ジョニーはうんざりして言った。彼が踵を返しかけると、ジョンソンが呼び止めた。

「そこでだ、フレッチャー」ジョンソンはポケットに片手を突っ込み、しわくちゃになった一ドル紙幣を引っぱり出した。「わたしから一ドル、進呈しよう、個人的に」

「ありがとうございます、ミスター・ジョンソン。寛大なお取り計らいに心から感謝します」ジョニーはそこで咳払いをした。「あの、もう一ドル、お持ち合わせはないでしょうか。サム・クラッグも非常に腹をすかせているものですから」

ジョンソンは頭にきたようだ。「調子に乗るな、フレッチャー」しかし彼はもう一ドル抜き出して、ジョニーに手渡した。「さあ、わたしの気が変わってきみらをクビにする前に、とっとと失せるんだな」

ジョニーは月型芯部門に引き返し、サムに紙幣のうちの一枚を渡した。「ひとり一ドルずつ、せしめるのがやっとだった」

サムはがっかりした。「夕飯にはてっきりステーキとフレンチフライを食う気でいたんだが」

「おれもだよ。エリオットはどこにいる?」

「ほんの少し前に帰った。やつは社長《ボス》の息子だからな。ベルが鳴るのを待つ必要はないんだろうさ」

「しまった」ジョニーは叫んだ。「ステーキのディナーにありつくために、やつをつかまえるつもりだったのに」

「昼にあんな態度を取られたあとでか?　いくらおまえでも、もう同じ手は使えないだろう」

「そう思うか?　見くびってもらっちゃ困るな、サム、おれが本気を出せば――」ジョニーは不意に真剣な顔つきになった。「ちょっと待ってろ」

月型芯の作業台の端に古風な帳簿机があり、そこにジョンソンの電話が置かれていた。ジョニーはそれに飛びつき、さっと受話器を取った。

「やあ、ナンシー」彼は送話口に向かって言った。「おれだよ」

相手が驚きのあまり叫ぶのが聞こえた。「ミスター・ジョンソン……」

「いやいや、職工長じゃないぞ」ジョニーはくすくすと笑った。「二週間、待ってくれ、そしたら……！」

「フレッチャーね！」ナンシーは叫んだ。「あなた、クビになりたいの？」

「土曜に必要な例の二十ドルを稼ぐまではいやだね。なあ、ナンシー、ひとつ頼みがあるんだが……」

「今、聞いてあげてるじゃないの。すぐに電話を切って！　工員は使っちゃいけないことになってるのよ」

「そうだろうとも、並の工員ならな。あいにく、おれはそうじゃない。で、手短に言うと、エリオット・タウナーはもう帰っちまったのかい？」

「ええ。さあ、いい加減に――」

「彼はどこに住んでるんだ？」

「父親のところよ――もちろん」

「で、親父さんの家はどこにあるんだ？」

「ヒルクレストよ」

ジョニーはたじろいだ。

「それはまた、ずいぶんと片田舎だな」

「ここから五十マイルぐらいね」

ジョニーは電話を切ろうとして、不意にあることを思いついた。「エリオットがよく行くクラブはどこだい？」

「ミシガン通りにある〈レイクサイド・アスレティック〉よ」

「それそれ、恩に着るよ、ベイビー。土曜日の件を忘れないでくれよな……」

ジョニーは電話を切り、サムのもとに向かったが、戻る前に五時のベルが響き渡り、樽置き場の後ろにある洗面台やロッカーに工員の群れが殺到した。ジョニーとサムはその流れに加わり、手を洗うための列に並ばなければならなかった。

「しっかり洗っとけよ、サム」ジョニーは相棒に忠告した。

第六章

午後五時十分、ジョニーとサムは革工場を出て近くの街角に向かった。満員の路面電車になんとか乗り込み、十五分後、マディソン通りとウェルズ通りの交差点で降りた。

ジョニーが通りを渡ろうとすると、サムが腕をつかんで引き止めた。「おい、そっちは東だぜ」

「わかってるさ」

「でも、おれたちの行き先は西だろう？」

「西？　そっちにあるのは木賃宿ばかりじゃないか」

「探しているのはそれじゃないのか？」

ジョニーは首を振った。「サム、今のおまえの持ち金が九十セントで、おれが九十セント。ウェスト・マディソン辺りならそれでステーキが食える店が見つかるだろうが、おれたちには今夜の宿が必要だ。それに明日の朝飯はどうする？」

「そこまでは考えなかった」サムは素直に認めた。「だが東のほうじゃ、何もかももっと高くついちまうぜ」

「二人とも手と顔をきれいに洗ったし」ジョニーは言った。「スーツは少し汚れてるが、そうみすぼらしいわけでもない」彼は咳払いをした。「だから〈レイクサイド・アスレティック・クラブ〉でデイナーを食うぐらいはできると……」

「はあ?」サムは目を白黒させたが、すぐに反応した。「まさか、エリオット・タウナーじゃないだろうな?」

「そのまさかだよ」

「やつの昼間のあの態度は……」

「あれはひどかったな。今度は作戦を変えてみよう」

「わかったよ、ジョニー。やつもあれ以上腹を立てることはできないだろうからな」

「おれもまさにそう考えてたんだ」

二人は早足でマディソン通りを歩き、数分後、ミシガン通りで南に向きを変えた。〈レイクサイド・アスレティック・クラブ〉の入った十四階建てのビルディングが目の前にそびえていた。

ジョニーはクラブの玄関に入っていき、サムがすぐあとに続いた。制服を着たドアマンが怪訝そうに二人を見た。

「ご用でしょうか?」

「ミスター・タウナーとご一緒する予定でね」ジョニーがさらりと告げて内扉を通り抜けようとするのを、ドアマンがかすかに動いて阻んだ。

「ミスター・タウナーはあなたがいらっしゃるのをご存じですか?」

「そのはずだ」

ドアマンはデスクに向かい、紙の束を取り上げて、すばやくめくった。「ここには出入許可書がありませんが」

「きっと忘れてしまったんだろうな」

「ミスター・タウナーから了承を得なければなりません」ドアマンはそう言うと、受話器を手にした。

「どちらさまとお伝えしましょうか」

「フレッチャーとクラッグだ」ジョニーは絞り出すような声で言った。

「正面玄関だ。ミスター・タウナーに繋いでくれ」ドアマンが送話口で言った。「今はサウナルームにいらっしゃるはずだ」彼はうなずき、ジョニーとサムを見た。「クラブの規則なものですから。お気を悪くなさらないでください」

「ああ、かまわないとも」ジョニーはサムの撤退信号に気づかないふりをしながら言った。

ドアマンは電話に戻った。「はい、ミスター・タウナー。正面玄関のアーサーです。こちらにミスター・フレッチャーとミスター・クラッグがお見えです。お約束があるとかで。ないですか？　少々お待ちください」ドアマンは送話口を大きな手で押さえた。

「ミスター・タウナーはフレッチャーとクラッグというお名前には心当たりがないとおっしゃっていますが」

「われわれは工場から来た者だ」ジョニーは言った。「彼にそう伝えてくれ。重要な件でお会いしなければならない。極めて重要な件で」

ドアマンは電話口で言った。「極めて重要なご用件だとのことです、ミスター・タウナー……。はい、かしこまりました……」彼はジョニーに受話器を渡した。

ジョニーはすばやく深呼吸してから言った。「ミスター・タウナー、こちらはジョニー・フレッチャーだが……」

「で、ジョニー・フレッチャーというのは何者だね？」大砲のような低音が響いた。それはハリー・タウナーの声だった。

「わたしは工場の者ですが」ジョニーは自棄《やけ》になって言った。「実はですね——例の件で非常に大事なお話があるんです。今朝、工場で起きた出来事についてなんですが」

一瞬、間があき、それからハリー・タウナーはうなるように言った。「よろしい、アーサーに代わってくれ」

ジョニーはドアマンに受話器を返した。

「はい、ミスター・タウナー」ドアマンは言いながら、何度も頭を下げた。「かしこまりました。失礼します」

ドアマンは電話を切ると、一枚の紙片に走り書きをした。そしてデスクの上のベルを押し、大声で呼んだ。「正面玄関《フロント》へ！」

待合室の背後のロビーからベルボーイが現れた。ドアマンは彼に先程の紙片を手渡した。「こちらの紳士方をミスター・タウナーがおられるサウナルームにご案内してくれ」

「こちらへどうぞ」ベルボーイが言った。

ジョニーとサムはベルボーイについて、ホテルと見紛うばかりのロビーに入った。ベルボーイはさっさとエレベーターに向かった。

「どんなもんだい」ジョニーはベルボーイについて歩きながら、サムにささやいた。「タウナーに会わせてくれと頼んだら、エリオットの代わりに老デュークを釣り上げたぞ」

「たまげたな！」サムは叫んだ。

「しくじったら追い出されるまでのことさ」

二人を乗せたエレベーターは速やかに四階に上がっていった。四階で降りると、ベルボーイはジョニーとサムの先に立って廊下を進んでいき、やがて広々とした空間にたどり着いた。そこには十五フィートのプールと、多数のサウナルーム、マッサージ師や従業員がクラブの会員《メンバー》に施術をする個室があった。

ベルボーイは足をとめ、辺りを見回してハリー・タウナーの姿を探した。レザー・デュークは腰の周りにタオルを巻き、それ以外は何も身に付けていなかった。ベルボーイは彼のもとに歩いていった。

「ミスター・タウナー、こちらがご面会希望の紳士方です」ベルボーイはそう伝えて立ち去った。

ハリー・タウナーはジョニーとサムの顔をじっくり見たあと、首を振った。「工場の者だという話だが、どちらも任命した覚えはない」

「月型芯の部門です」

「あの階《フロア》の責任者はハル・ジョンソンだ」

「おれたちのボスです」

「ということはつまり――きみらは工員なのか？」

ジョニーは唇を突き出し、両手に目を落としたが、それから不意に顔を上げ、レザー・デュークにほほえみかけた。「工員として働いていると申し上げるべきですかね」

タウナーは顔をしかめた。「どういう意味だ？」

「今日、あなたの工場で殺しがありましたよね？」

タウナーはよく手入れした人差し指をジョニーに突きつけた。「まさか自分は覆面捜査官だなどと言い出すんじゃないだろうな」

ジョニーは片目をつぶった。いわゆるウィンクにしては長く。「ミスター・タウナー、あなたにお話しできないことがいくつかあるのです――今はまだ。とりあえず、これだけは申し上げておきましょう。わたしたちはあなたの工場で工員として働いており、今朝、あそこで起きた出来事に関する重要な情報を握っているのだと」

「おい、ちょっと――ちょっと待ってくれ」タウナーは声を荒らげた。「あの工場の持ち主はこのわたしだ。もしあそこで何かいかがわしいことが行われているのなら、わたしには知る権利が……」

「おっしゃるとおりです。だからこそ、わたしたちはここに伺ったのです」

「だったら洗いざらい話してくれ。そこに突っ立って、あれこれほのめかしていないで」

「少しばかり時間がかかるのです。あなたは、ええと、これからひと泳ぎなさるところだったのですか?」

「ちょうどサウナに入ってマッサージを受けたところだ。これからディナーをとり、そのあと……そうだ、食事がてら、その話をしてくれ。一分で着替えてくる。きみらは時間はあるだろうね?」

「時間はあります」ジョニーは答えた。

ハリー・タウナーが急ぎ足で個室に去ると、ジョニーとサムは意味ありげに視線を交わした。ジョニーの唇に薄笑いが浮かんだ。

「ディナーだとさ、サム」

「なんとかデザートにまで持ち込んでくれないかな、ジョニー」サムは熱心にせがんだ。「前に食ってから二年は経ってるに違いないんだ」

「ここのデザートはシカゴで一番らしいぜ」ジョニーは言った。「やってみよう」

数分後、ハリー・タウナーがブルックス・ブラザースのタイを締めながら個室から出てきた。「待たせたな、きみたち」彼は言った。「階下《した》のグリルへ行こう。あそこならメインダイニングより少しは静かだから」

「メシはどんなです？」サムが尋ねた。

タウナーはサムに鋭い目を向けた。「なんだって？」

「料理のことですが、ミスター・タウナー」ジョニーは急いで言った。「ミスター・クラッグはいささかグルメでしてね、実際のところ」

「そう、実際のところ」サムも調子を合わせた。

「わたしもうまいものは好きだ」タウナーは重々しく言った。「ここの料理でわたしが気づいた唯一の欠点がそれだ——ここではうまいステーキは食べられない」

「食べられない？」サムが悲鳴を上げた。

タウナーは悲しげに首を振った。「ここの料理人は肉を熟成させる知識が足らんのだ。肉というのは二か月は吊るしておかなければうまくならんのに」

「まったくおっしゃるとおりです、ミスター・タウナー」ジョニーは勢い込んで言った。「ロサンゼルスにちょっと気の利いた店がありましてね、サンタモニカの海沿いなんですが。そこは実にステーキの料理法を心得ているんです。地下室に三か月間吊るしておいて、それから少しずつ切り落とし、火で炙って……」ジョニーは感極まったような目つきをした。「あれはまさにあなたのためのステーキですよ」

この頃には、三人は幅広い階段を降り、三階のほぼ半分を占めるグリルルームに足を踏み入れていた。淡いランプが各テーブルを照らし、その間を白いジャケットを着たウェイターたちが泳ぐようになめらかに動き回っている。給仕長が三人を数フィート高い場所にあるバルコニー席に案内し、大きなメニューを持ってきた。

ハリー・タウナーはメニューを見て、首を振った。「きみのせいで、すっかりステーキが食べたくなってしまったよ、ミスター・フレッチャー」彼は未練そうに言った。「しかし、ここではまともなステーキは望めない。クレソンのサラダとスキムミルクだけにしておこう」

「そんなばかな！」サムがうめくように言った。

ジョニーは言った。「わたしは懲りない性分でしてね、ミスター・タウナー。これまで何度も、どのぐらいひどいステーキにできるかと訊いてきました。その度にもう二度とやるまいと自分に言い聞かせるんですが」――ここでジョニーはにこやかにほほえんだ――「もう一度だけ試してみましょう」彼はウェイターを見上げた。「フィレミニョンを頂こう、シェフには最悪の味にしてほしいと伝えてくれたまえ。ミスター・クラッグ、きみも同じものにするかい？」

「フレンチフライもつけてくれ」サムが叫ぶように言った。「タマネギもたっぷり。あと、アップルパイのでかいやつ――アイスクリームをのっけて。それと付け合わせになるようなの、全部。腹ぺこなんだ」

「やれやれ、サム」ジョニーがたしなめた。「おまえ、空腹だったのか！」彼は愉快そうに笑った。「その点ではおれも同じだがね。ご存じでしょうか、ミスター・タウナー。われわれは今日、文字通り労働をしてきたんですよ。あなただって慣れないことをすれば、ひどく腹がへるはずだ」

「なるほど、そうかもしれない」タウナーは認めた。彼はテーブルに肘をつき、ぐっと身を乗り出した。「さあ、きみ、わたしの革工場で何が起きているのかについてだが……」

「ああ、そうでしたね」ジョニーは言った。

「そうだよ、ジョニー」サムが調子に乗って言った。「早く教えてやれよ」

「聞かせてくれ、ミスター・フレッチャー。わたしは食べながらビジネスの話はできないというタイプの人間ではない。洗いざらい話してくれ」

「わかりました。実はあなたの工場で今日、恐ろしい犯罪が起きたのです。殺人です」

「ああ、そのことは知っている。続けてくれ、フレッチャー」

「まず、ちょっとした背景を説明しなければなりません、ミスター・タウナー。あなたには退屈でしょうが、必要なことでして。これを聞けば、この犯罪の問題と意味がおわかりになるでしょう。あなたはマフィアの噂を耳にしたことがありますか?」

「マフィアだって?」タウナーは叫んだ。

「ブラック・ハンド、この国ではその名のほうが知られていますが」

「しかし、あれは四半世紀も前に壊滅したのでは……」

「そうでしょうか、ミスター・タウナー? ちょっと振り返ってみましょう。ほんの少しだけ。マフィアの発祥の地はシシリー島ですが、ほぼ同じ頃、対抗勢力のカモッラ（十九世紀イタリアのナポリで勢力を振るった犯罪結社）が南イタリアの本土で生まれています。マフィアっていうのはナポレオン戦争の副産物でしてね。大地主が自分たちの農場を経営できなくなり、その仕事をならず者どものグループ——そいつらは脅迫や恐喝、しばしば暴力で他のならず者のグループを恐れさせてたんですが——に任せ、広大な農場を運営させたんです。しかし、間もなく最初のグループが自分たちの手に実権を握るようになります。彼らは地主に反逆し、脅迫を重ね、やがてはこれに取って代わりました。マフィアにとってはよいことでした。ところが、次に彼らは仲間割れを始めた。マフィアのある一団が別の一団と、という具合に。多くの大きな団が作られ、どれも互いに反目していました。連中に共通する掟はただひとつ、自分たちの争いを決して警察に持ち込まないということです。彼らには彼らの法がある。いわゆる『目には目を、歯には歯を』ってやつです。口が裂けても秘密は洩らさない、すべてのメンバーがそれを強いられました。秘密を破った者には恐ろしい報復が待っていました。年を経るに従い、マフィアはあらゆる階級を通じて最も強力な存在となりました。政治家たちは彼らを怖れ、これと結びつき、マフィアはイタリア本土へ、そして他の国々へと勢力を伸ばしていきました。彼らは十九世紀にアメリカで強大になり、今世紀初頭にはこの偉大な国のあらゆる街のイタリア移民を牛耳るようになりました。このシカゴでも——」

「そんなことは全部わかっている」ハリー・タウナーがさえぎった。「わたしは生まれたときからシカゴで暮らしているんだ」

「わかりました。さて、あなたの工場が位置しているのは、まさにそのイタリア人地区であり——」

「知っている。リトル・イタリーと呼ばれているのだ」

「そしてあなたはイタリア人を雇っておられる」

「彼らはよき労働者だ。相応の働きをするし、指図にもよく従う。ドイツ人やアイルランド人よりよほどいい、ボヘミア人と比べても……」

「しかしですね、ミスター・タウナー。マフィアのメンバーは同胞に限られるんです——イタリア人に」

「マフィアなんてものは」レザー・デュークは叫んだ。「もはや存在しない。二十世紀に撲滅されたのだ、イタリアでその勢力が絶たれたのと同時に——そう、ムッソリーニの手によって。あの男が行った政策で唯一まともなことだった」

「マフィアはその前に消滅しています」ジョニーは重苦しい表情で言った。「一八三〇年に撲滅された、あるいはシシリア警察はそう信じていました。そして一八六〇年代に一掃された。再び一八九二年頃にも。しかし常に連中は甦ってきました。より密かに、より目立たず、より恐ろしい……」

ハリー・タウナーは拳でテーブルを叩いた。「つまり、きみはこう言いたいのか、フレッチャー。今日起きたことには——マフィアが関わっていると」

「ミスター・タウナー」ジョニーはゆっくりと言った。「その件についてはまだお話しできません。この段階で自説を披露するのは僭越というものですから。今はただ、組織の歴史の一端をお話しするにとどめておきます。連中が常に、いかに最も予期せぬときにひょっこり現れるかをお知らせするために。マフィア、またの名をブラック・ハンドは——」

ジョニーは言葉を切った。料理を満載した大きな盆をウェイターが二人がかりで運んできたからだ。ハリー・タウナーはにらむような目でジョニーを、次いでサムを見た。そして椅子に深くもたれながら、自分のクレソンサラダの小皿とジョニーとサムが注文した数々のご馳走の大皿をウェイターがテーブルいっぱいに並べるのを眺めていた。

第七章

ウェイターがまだ料理を並べ終えないうちに、ジョニーとサムはステーキにかぶりついた。ジョニーは大きな肉の固まりをむさぼった。

「あなたのおっしゃるとおりですよ、ミスター・タウナー」ジョニーは満足そうに言った。「ここはろくにステーキの焼き方も知らないようだ」

「冗談だろ?」サムが叫んだ。彼はクローバー型のロールパン半分をほおばり、それをステーキで押し込んだ。

給仕長が内線電話を携えてテーブルにやって来た。「お電話です、ミスター・タウナー」そう言って、ソケットにコードを差し込んだ。

「誰からだね?」

「ミス・タウナーです」

レザー・デュークは顔を輝かせ、受話器を取った。「やあ、おまえか? ほう、そうかね。だったら、グリルルームに来ないか? 今、食べ始めたところだ。よし」彼は受話器を置くと、ジョニーに言った。「娘が階上《うえ》のメインダイニングに来ていてね。今、みんなで降りてくるそうだ」

「みんな?」

「ああ、娘の婚約者とエリオットが一緒だ」ハリー・タウナーは気にするなというように軽く手を振った。「続けてくれ、フレッチャー。きみの話では、この件には裏にマフィアがいるということだったが」

「いいえ」ジョニーは即座に否定した。「そうは言いませんでしたよ。わたしはただ、あなたに思い出させただけです。マフィアが以前から何度も消滅したかに思われては、そのたびに――」

「その辺りの話はどうでもよろしい、フレッチャー！　きみが話している相手はわたしだ。遠回しな言い方は必要ない。きみの話では、この男――名前はなんといったかな？　パイパー、いや、ファイファーだったか……」タウナーは言葉を切り、不意に指を鳴らした。「きみは自分の口で、マフィアは常にイタリア人に限られていると言った。パイパーというのはどう聞いてもイタリア人の名前ではない」

「ええ、そのとおりです」ジョニーは答えた。「わたしがお伝えしたかったのはまさにそこなんです。この男は自らをパイパーと名乗っていた――おわかりですか？」

レザー・デュークは目を見開いた。「ははあ、なるほど」

「聞いたところでは、ミスター・タウナー」ジョニーは言葉巧みに続けた。「カーメラ・ヴィタリというイタリア人が、このパイパーと名乗る男と諍いを起こしていたそうです。カーメラは今朝、仕事を辞め、そして――」ジョニーは思わせぶりに間をあけた。「その直後、パイパーが死体となって発見された。喉をかき切られて！」

ハリー・タウナーは考え込むようにうなずいた。「警察は今日の午後、カーメラを拘束した。尋問のために」

「カーメラからは何ひとつ引き出せやしませんよ」ジョニーは間髪を入れずに言った。「言い逃れと嘘以外は。マフィアの掟は——沈黙ですから！」

「わたしが彼に口を割らせる」タウナーは断固とした口調で言った。「もし警察がわたしにカーメラの身柄を預けてくれれば、彼はきっと話す。わたしなら必ず——」

タウナーは喋るのをやめ、ジョニーとサムの背後を見た。ジョニーは振り返った。エリオット・タウナーがテーブルに近づいてくる。その後ろには、ツイードの服を着た三十歳前後の背の高い黒髪の男と、ジョニーがこれまで見たこともないほどの美女がいた。女はすらりとした長身で、濃い栗色の髪をしていた。しかし真に美しいのは顔立ちだった。決してよくいる正統派美人ではなく、このとき電流の如くジョニーを痺れさせたのは、そのきらめくような活力と個性だった。

ジョニーは椅子を蹴倒す勢いで立ち上がった。

ハリー・タウナーも同時に席を立った。「エリオット。リンダ！」娘の名を呼ぶ声のほうが圧倒的に強かった。婚約者は完全に無視された。

「お父さん」リンダ・タウナーはそう言って、父親の頰にキスをした。

「リンダ、こちらはミスター・フレッチャーとミスター・クラッグだ」

「どうも」サムが言った。

ジョニーは笑顔で身を屈め、リンダが差し出した手を取った。「初めまして、ミス・タウナー」

リンダも短く挨拶を返した。

「息子のエリオットだ」タウナーが続けた。エリオットはジョニーに冷ややかな目を向けた。「ぼくたちはすでに会っています」

「ああ、もちろん、工場でな。忘れるところだった。そして、うむ、ミスター・ウェンドランド、ミスター・フレッチャーとミスター・クラッグを紹介しよう。われわれはビジネスの話をしていたんだが、おおかた終わったところだ。一緒にどうだね？」

ウェイターが追加の椅子を運んできて、全員が席に着いた。ジョニーはエリオット・タウナーがしつこく自分を見ているのに気づき、リンダ・タウナーから彼に視線を移した。

「きみにはここの支払いは無理だろう」エリオットは言った。

ジョニーは無表情に相手を見返した。「はあ？」

「会員《メンバー》でなければ」

ハリー・タウナーが最後の言葉を聞きつけた。「なんの話だ、エリオット？」

「いや、ただ、ミスター・フレッチャーとミスター・クラッグは工場で一緒に働いている仲間だと言っているだけです」

ハリー・タウナーは豪快に笑い、手のひらでテーブルを叩いた。「そうなんだよ、エリオット、そうなんだ。おまえは彼らが――」

ジョニーは唇に人差し指をあてた。「ミスター・タウナー、どうか！」

「しかし、これはわたしの身内なんだぞ、フレッチャー。フレディーも――まあ、一員のようなもので……」

「それでもやはり」

「ナンセンスだよ、フレッチャー、ナンセンスだ。わたしは家族に隠し事はしない。みな、わたしと同じぐらい事業に興味を持っているんだ」

「隠し事ですって！」リンダ・タウナーが叫んだ。「なんの事？」

「秘密です」ジョニーはやけ気味に言った。

するとリンダは、はしばみ色の瞳の魅力を全開にしてジョニーを見つめた。「その秘密というのは、ミスター・フレッチャー、ビジネスと関係があるのね？　そしてあなたはそれをわたしたちから隠そうとしていらっしゃるのね？　あなたに勝ち目はありませんわ。わたしは遅かれ早かれ、あなたからそれを聞き出してみせますもの。ですから、きりきり舞する前に、今、教えてくださったほうがいいと思いますけど」

ハリー・タウナーが真顔で言った。「それはどうだろう、リンダ。これはかなり不愉快な出来事だ。しかし、多分、おまえももう新聞で読んで知っているだろう……」

「あら、あの件なの！　もちろんんよ。実を言うと、階上《うえ》でエリオットから話を聞いているところだったの」リンダは不意にサムに向き直った。「クラッグ——あなたが死体を発見したサム・クラッグね。革の詰まった樽を片手で持ち上げるというのは本当？」

「いやいや」サムは答えた。「片手でつかむのが難しいときは両手を使いますよ。でも、もし樽に取っ手があれば、片手で持ち上げられます」

「なんの話だね？」レザー・デュークが尋ねた。

エリオットは父親のほうを向いた。「サム・クラッグは力自慢なんです。二百ポンドの樽を頭の上まで持ち上げるんですよ」

タウナーはサムに好奇の目を向けた。「きみは本当にそんな怪力なのかね？」そして満足げにうなずいた。「きみの仕事にはさぞ役立つことだろう」

「それはまあ」サムは認めた。「わざわざあのお粗末なリフトを動かす必要がないわけだから」

「リフトと言えば」ジョニーが大声を出した。「例のカサブランカのセネガル人のことですが……」

そこで彼は顔をしかめた。「いや、まだその件は話せませんね。今はまだ」

「どうして言えないんだ、ミスター・フレッチャー？」エリオット・タウナーが問い詰めた。

ジョニーは横目でハリー・タウナーを見た。タウナーは鋭く察してジョニーに加勢した。「それは秘密なのだ、エリオット。そしてフレッチャーが正しい。知る人間が少なければ少ないほど……」

「何を知る人間がですか？」エリオットは食い下がった。

ハリー・タウナーが口ごもるのを見て、ジョニーはため息をつき、テーブルにナプキンを置いた。

「どうだろう、サム。そろそろ失礼しようじゃないか」

「ええっ？　まだデザートを食ってない。アップル・パイ・ア・ラ・モードを楽しみにしてたんだ。おまえ、おれに約束したじゃ……」

「わかってる。だが、時間も遅くなってきたし、われわれは張り込みに出かけないと……」

「張り込み！」リンダ・タウナーが叫んだ。「わたし、その意味を知っているわ。探偵小説に出てきたもの。誰を見張るつもりなの、ミスター・フレッチャー？」

ジョニーは立ち上がった。「どうも余計なお喋りが過ぎたようです、ミス・タウナー。あなたは――あなたはこの件を口外しないでくださいますね？」

「もちろんだわ、でも……」リンダは不意に考え込むように眉を寄せた。「いっそ、わたしたちを一緒に連れていってくださらないかしら。フレディー、あなたにその度胸がある？」

「なんの度胸だい、リンダ？」フレッド・ウェンドランドは尋ねた。「いささか話が目まぐるしくてついていけないよ」

「あなたって、どうしてそう頭の回転が鈍いの？」リンダの声が高くなった。「ディナーの間じゅう、わたしたちがなんの話をしていたと思うの？」

「そりゃあ、例の血なまぐさい殺しの件だろう？」

「そしてミスター・フレッチャーとミスター・クラッグはこれから張り込みに出かけようとしている。それが意味するところは？」

「彼らはこれから、ええと、その、何をしようとしているんだ？」

「申し訳ないが、本当にもう失礼しなければなりません」ジョニーが割り込んだ。

リンダ・タウナーは席を立った。「待って——わたしも一緒に行くわ」

「とんでもない」ジョニーは即座に言った。「それは絶対にだめです」彼は加勢を求めるようにリンダの父親を見た。「なにせ、リトル・イタリーですからね、とてもそんな場所には——」

「そのとおりだ。リンダ、座りなさい」ハリー・タウナーが言った。

「わたしは怖くなんかないわ、お父さん。面白そうじゃない——暗い戸口から見張ったり、それから——」

「すみません、ミス・タウナー」ジョニーは譲らなかった。「もし可能であれば、お連れするのですが。しかし、できないのです」

リンダはジョニーの顔を見て、ため息をつくと腰を下ろした。「わかりました。でも明日にはすべてを知りたいわ。教えてくださるわね？」

「ええ」ジョニーは言った。「そうします」

「ぼくも聞きたいな」エリオット・タウナーが口を揃えた。

ジョニーはエリオットにかすかな笑みを向けると、サムの肩を叩いた。「行くぞ、サム。では、みなさん、失礼します」

「明日、また会おう、フレッチャー」ハリー・タウナーが太く響く声で言った。

サムはテーブルからぐずぐずと立ち上がり、ジョニーについてきた。グリルルームを出たところで、サムは不機嫌そうに言った。「どうしておれは絶対にデザートにありつけないんだろう。いつも何かが起きて……」

「もしあれ以上長居してたら、必ずぼろを出してただろうよ、サム。エリオットはこれっぽっちもおれたちに好意を持っちゃいない。ともかく、ディナーはせしめたじゃないか」

サムの顔が明るくなった。「よくあんなほら話をつらつらと思いついたな、ジョニー。聞いたこともない話だ」

「おれが口にしたのは一言一句、本当のことばかりだぜ、サム」

「へえ？　おまえはおれたちは覆面捜査官だと言ったじゃないか」

「そんなことはひと言も言ってない。ミスター・タウナーはおれの口ぶりから、おれたちが単なる工場労働者ではないと推測したかもしれないが、おれが語った言葉はすべて真実だ」

「なるほど。でも、例のブラック・ハンドっていうのは……」

「あれこそ真実以外の何物でもない。おれは彼にマフィアの歴史をかいつまんで教えてやった、それだけのことだ。マフィアはこれまでに何度か消滅したと話したが、それも事実だ」

サムはクラブを出てミシガン通りの角を曲がり、マディソン通りに入るまで、その件についてしつこく考えていた。やがて彼は声を大にして言った。「だけど、おまえはあのパイパーってやつが自分のことをパイパーと名乗ってたと――」

「そいつはもっともな話だ」

「何がもっともだって?」

「やつが自分のことをパイパーと名乗っていたのは、それがやつの名前だからさ」

「おまえがあの親父さんに言った口ぶりからしたら、やつはイタリア人だったように聞こえるが」

「イタリア人と言えば、サム、これからリトル・イタリーまでひとっ走りしないか?」

サムはジョニーの腕をつかんだ。「いやだよ、ジョニー、やめてくれ。あそこは夜にうろつくような場所じゃないよ」

「夜のリトル・イタリーが余所《よそ》より危ないってことはないさ」

「でも、おれにはおまえが何を企んでいるかわかる。前にもこんなことがあったからな。おまえは探偵の真似事をして、おれは何がなんだかわからないうちに二人してすかんぴんになっちまうんだ」

「おれたち、今朝はすかんぴんだったじゃないか、サム。まったくの一文無しだった。今ではポケットにそれぞれ九十セント持ってるし、豪勢な食事もとった。だが、明日になればどうだ?」ジョニーは首を振った。「おれたちに選択の余地はない。エリオットは親父におれたちの正体を告げ口しようとしている。二人とも明日は職なしだ。あの親父さんが食いつきたくなるようなネタを提供できない限りはな」

「すると、おれたち、お払い箱ってわけか? だけど、それがなんだよ。今までだって職に就いてたことなんてないじゃないか」

「しかし、おれたちには商売道具の本があった。それが今は一冊もないし、元手を稼ぐまでは手に入らない。この仕事はその元手を与えてくれるんだよ」ジョニーはしばしためらった。「忘れちゃいけないのは、おまえが他殺死体の発見者で、おれのナイフが作業台から消えちまったってことだ」

サムは息をのんだ。「つまり連中は——警察の連中は、おれたちのどっちかを疑ってるってことか?」

「そうだとも！　おれたちは今、自由の身で娑婆を歩き回っている。でも警察の野郎どもが、他に犯人の目星がつかないって理由で、おれたちを恰好の容疑者だと決めつけたと考えてみろ。次にはどうなる？　おれたちにはアル・パイパーを殺してないと証明することはできないんだ」

「でも、あんなやつ、見たこともなかったんだぜ」

「この瞬間も刑務所には無実の人間が大勢ぶち込まれているんだ」ジョニーは不穏な口調で言った。

サムはうめいた。「わかったよ、ジョニー。リトル・イタリーに行こう。でも、おれは気が進まないな。まったく気が進まない。ブラック・ハンドの連中が——」

「ばかばかしい！」

二人はウェルズ通りまで歩き、数分後、北行きの路面電車に乗り込んだ。そしてオーク通りで降り、シカゴの市街でも最もいかがわしい地域を西に歩いていった。まだ宵の口で、通りには大勢の男女や子供たちがいた。

第八章

セジウィック通りを渡ると、視界に入る家々はさらにみすぼらしくなっていった。この界隈では世紀の代わり目以来、ペンキというものを使用したことがないようだ。

ジョニーは夕方の散歩にでも来たようにゆったりと歩いていたが、肩を並べるサムの忍ぶような足取りは緊張に満ち、ぎこちなかった。彼は不安そうに家々の開いた戸口を見つめていた。

ミルトン通りに着くと、ジョニーは言った。「オーク通りとミルトン通りの角、デス・コーナーだ」

サムは身震いした。「やめてくれよ、ジョニー！」

ジョニーは咳払いをした。「景気づけにビールを一杯ひっかけるのも悪くないな」

「おれは喉なんか乾いてない」

「おれもだよ。でも、ここにお誂え向きの場所がある。居酒屋兼玉突き場《タヴァーン・アンド・プールルーム》だ。行くぜ」

サムは聞こえよがしにうめいたが、ジョニーについて店に入った。ウナギの寝床のようなその店は、入ってすぐのところがバーになっていて、奥に四台の玉突き台があった。

二人はかなりの賑わいを見せるバーに進んだ。

「ビールを小瓶で」ジョニーはオリーブ色の肌のバーテンダーに言った。

「おれも」サムが言った。

バーテンダーはビールの栓を抜いて泡を切り、サムとジョニーの前にグラスを置いた。

ジョニーはビールをひと口すすった。「カーメラはこの辺りにいるかい?」彼はさりげなく尋ねた。

「二十セント」バーテンダーはそっけなく言った。

ジョニーは十セント硬貨を二枚、カウンターに置いた。「今夜、カーメラがこの辺りにいるかと訊いたんだが」

「どのカーメラだって?」

「カーメラ・ヴィタリだ」

バーテンダーは背後の鏡の上の額を指さした。「ここにバーの営業許可証がある」そう言って、今度はジョニーの後ろの壁をさした。「そして、あっちにあるのが玉突き場の許可証だ。この奥には部屋なんかないし、もし誰かが金を賭けてるっていうのなら、それはそいつが勝手にやってることだ。こっちはただ、台を貸してるってだけさ」

ジョニーはバーテンダーの攻撃的な顔つきを興味ありげに見返した。「あんたのとこの玉突き台だの賭け事だのはどうでもいい。おれはただあんたに、カーメラ・ヴィタリって名前の男がこの辺りにいないか訊いただけだ。おれは警察《サツ》なんかじゃない。あんたがそこを心配しているんならな」

「ほう、あんたは警察《サツ》じゃない。だが、おれがあんたの顔を見るのは初めてだ。しかもあんたは入ってくるなり、カーメラとかいうやつのことを訊いてきた。おれにはカーメラって名前のおじきがいた。だが、おじきがあんたの探している男であるはずがない。十四年も前に死んじまっているからな。どっちみち、おじきが暮らしていたのはピッツバーグだ。ピッツバーグで生まれ育ち、肺炎で死んだのさ」

ジョニーはビールの最後のひと口を飲み干し、カウンターに勢いよくグラスを置いた。「ご親切にどうも！」そしてサムに合図した。サムはビールを飲み干し、急いでジョニーのあとを追った。

「どうしてまた、ああやって誰のことも疑ってかかるんだろう」再びオーク通りを歩きながら、ジョニーはうなった。

「さあね」サムは言った。「でも、もし誰かがふらっとやって来ておまえのことを尋ねたとしたら、おれなら、そいつらは何かの理由でおまえを追っているんだと考えるだろうな」

「それはおれがしょっちゅう誰かに追われているからだろう。普通の人間はたいてい、誰かに追われたりしないもんだ」

「どうしてだ？　普通は誰もが何かのために誰かを追ってるもんじゃないのか？」

その経験に富む発言に対する答えをジョニーが見つける前に、ある建物の戸口からひとりの男が出てきた。

「おやおや！」男は叫んだ。「おまえたち、こんなところで何をしているんだ？」

それはジョー・ジェネラという名の、タウナーの革工場で今朝、サムが樽を積み上げるのを手伝った浅黒い肌の男だった。

「やあ、ジョー」サムは答えた。「ちょっと夜の散歩と洒落ているんだよ」

「おまえさんたち、この近くに住んでいるのかい？」

「いや」ジョニーが答えた。「でも、せっかくこの界隈で職にありついたんだから、あちこち見て回っておくのも悪くないかと思って」

「この辺りをか？」ジョーはうんざりしたように鼻にしわを寄せた。「けっ！　ここいらで見る価値のあるものなんぞ、あるものか」

「だろうな。でも、住んでいる人間は興味深い」

「冗談だろ?」

ジョニーは肩をすくめた。「あんたは生まれたときからずっとここで暮らしているから、かえって、ご同類がいかに多彩か気づかないんだ……。カーメラはこの近所に住んでいるんだろ?」

「そりゃそうだが」ジョーはいったん認めてから、鋭い目でジョニーを見た。「カーメラだって?」

「アル・パイパーの件で尋問するために警察《サツ》が引っぱってったやつのことだ」

ジョーはジョニーを凝視した。「おまえさんの目当てはなんだ?」

「何も。ただカーメラに会いたいだけだ」

「理由は?」

「おれは今日、カーメラの仕事を引き継いだ。彼が仕事を辞めなかったら、おれはまだ職探しで街じゅうを駆けずり回っていただろう。だから彼に酒の一杯か二杯でもおごってやろうと思ってさ」

「今のやつはそれをありがたがるような心境じゃないと思うぜ。今日は警察《サツ》にこっぴどく絞られたからな」

「だったら、元気づけてやらないと」

ジョーは考え込むような目つきでジョニーを見たが、そのあとサムをちらりと見ると、何やら質《たち》の悪い笑みを顔いっぱいに広げた。「言われてみれば、それも面白いかもしれん。多分、明日にはおれもやましい思いをするだろうが——来な!」

ジョーは縁石に足を踏み出し、通りを渡り始めた。ジョニーとサムがあとを追った。ジョーは先に立って、とある居酒屋兼玉突き場《タヴァーン・アンド・プールルーム》に入っていった。それは二人がほんの数分前までいたのと寸分違わぬ店だった。

ジョーはバーを素通りし、玉突き台の並ぶ奥へと進んでいった。そして四つ目の台で立ち止まると、次の台をあごでさした。

「ほらよ、おまえさんたち」

カーメラ・ヴィタリはちょうど台に屈み込んだところだった。「七番ボールをサイドポケットに」彼は台の回りに立っている四、五人の若者たちに宣言した。彼らもみな、キューを手にしている。

「絶対失敗するに十セント」そのうちのひとりが叫んだ。

「よし」カーメラは短く答えた。

カーメラは慎重に狙いを定め、キューで手玉を突いた。手玉は向かいのレールで七番ボールに当たり、見事にこれをサイドポケットに落とした。賭けた相手の男は自分のキューを床に叩きつけた。

「まぐれ当たりさ!」男は緑色のラシャ地の台に十セント硬貨を放り投げた。カーメラはそれを自分のポケットに入れた。彼は台を見渡し、八番ボールが十二番ボールのほとんど後ろに重なっているのに気づいた。

「失敗するに十セント」ジョニーが声をかけた。

カーメラは振り向き、ジョニーの顔を探るように見ると、顔をしかめた。「内輪の賭けだ」

「気にしない、気にしない」ジョニーは言った。「おれは玉突きはしない。ただ、あんたがそのショットをしくじるほうに十セント賭けたいんだよ」

「内輪の賭けだと言ったはずだ」カーメラはきつい口調で繰り返した。

「ああ。しかし、さっきあんたが賭けたのはごく簡単なショットだった。こいつはかなり難しいぞ。おれはあんたが失敗するほうに十セント賭ける」

カーメラは怒りで口をゆがめたが、その目は台の上の玉を抜かりなく見つめていた。「知ったかぶりしやがって」彼はせせら笑った。「おれは貴様がそのショットを失敗するに一ドル賭ける」

ジョニーは足を踏み出し、背を屈めて、玉の並びを仔細に調べた。八番ボールにはまずまず当てられるだろう。しかし、もしうまく当たっても、十二番にぶつかって数インチ左に動かしてしまいそうだ。もちろん、八番が十二番を的確に弾けば、十二番はコーナーポケットをふさいでいる十五番に斜めに跳ね返るだろう。いや——待てよ。十五番から正確に突けば、八番をポケットに落とせるんじゃないか。やってみる価値はある。可能性は極めて低いとしても。

ジョニーは身体を起こした。「この賭け、受けて立とうじゃないか。あんたのキューを使わせてくれ」

カーメラはジョニーに自分のキューを渡すと、背後のボール棚から滑り止めのチョークを取り出した。「いいだろう。小賢しいやつめ、お手並み拝見だ」

サムがジョニーの傍らに来て言った。「やめとけよ、ジョニー。おまえの持ち金は六十セントしかないんだぜ」

「わかってるさ」ジョニーは口の端から絞り出すように答えた。「だが、おまえが八十セント持ってる。それなら……」

ジョニーは台に身を屈め、狙いすまして手玉を突いた。手玉は驚くような勢いで斜めに跳ね上がり、彼をたじろがせた。

次の瞬間、ジョニーは台の端に置かれたチョークに向かって突進した。カーメラがすでに手を伸ばしていたが、ジョニーが手にするほうが早かった。ひと目見ただけでじゅうぶんだった。

「おまえ、チョークに石鹸を混ぜたな！」ジョニーは憤った。

カーメラは鼻で笑った。「どんな石鹸だか知らないが、おまえが自分で混ぜたんだろ。自分で仕掛けた罠に自分で嵌ってりゃ、世話ないぜ。さあ、一ドル寄こしな！」

「手玉をもとあった場所に戻すんだ。おれはもう一度勝負する」ジョニーはきっぱりと言い放った。「チョークに石鹸を混ぜたのはおれじゃない。貴様はよく知っているはずだ」

「このおれを嘘つき呼ばわりするのか？」カーメラは気色ばんだ。

ジョニーは半円形に自分を取り囲むカーメラの仲間に目をやった。彼らの険悪な顔つきは、いつでもカーメラに加勢すると告げていた。しかしこの一ドルには、今夜の寝床が宿のベッドになるか、鉄道駅のベンチになるかがかかっている。

ジョニーは言った。「おれはこのショットを決められる」

「おまえは失敗したじゃないか」カーメラが怒鳴った。「さあ、とっとと一ドル寄こせ。さもないと……」

サムが深々と息を吸い込み、荒々しく吐き出した。「さもないと、なんだって？」

「誰がおまえに出しゃばれと頼んだんだよ」

「誰にも頼まれちゃいないさ」サムは言い返した。「おれが好きで口を出してるんだ。おまえはジョニーより三十ポンドは目方がありそうだが、おれとはどっこいどっこいだ。ひと騒ぎしたいんなら、おれが相手になるぜ」

「一発、お見舞いしてやれ、カーメラ」カーメラの仲間のひとりが急き立てた。「こいつら、二人組の詐欺師だぞ」

「そうだな」カーメラが応じた。「二人とも、どこかで見たことがある。場所は思い出せないが、この辺りだ」

「今朝、タウナーの工場で会ったんだよ」ジョニーが言った。「実を言えば、おれがおまえの後釜に座ったのさ、おまえがクビになったあと」

「誰がクビになったって？　おれは――」カーメラの目が不意に険しくなったかと思うと、彼は振り返り、棚からキューをつかんだ。カーメラが再びこちらを向いた瞬間、サムが飛びかかった。サムはイタリア男の手からキューを奪い取ると、台に叩きつけた。キューは音を立てて二つに折れた。

「それじゃ、派手に暴れたいわけだな」サムは叫んだ。「いいだろう、これでも食らえ」

サムは平手でカーメラの頭を横から殴った。殴ったサムは一、二歩よろめいただけだが、カーメラのほうは大の字になった状態で四フィートほど吹き飛ばされ、サムとジョニー目がけて台に押し寄せてきた仲間たちの先頭と衝突した。

その一撃は巨大な癇癪玉に火をつけるマッチのようなものだった。カーメラと仲間たちは大声を上げ、束になってかかってきた。台の片側に二人、反対側に一人、四人目は台の上に乗っている。

キューがきらりと光った。それは防ごうとしたジョニーの腕に当たり、彼は痛みのあまり叫び声を上げた。次の一撃はもう一インチずれていれば目に当たるところだったが、代わりに頬骨の肌を引き裂いた。ジョニーはキューを払いのけ、苦もなく奪い取ると、鉛でできた重い握りを相手の男の腹に打ち込んだ。男は身体を折り、痛みにあえいだ。

一方、サムも自分の持ち分に専念していた。サムは徹底的にカーメラを追い、彼の胴体をつかんで軽々と持ち上げると、別の男目がけて叩きつけた。二人はもろともに床に崩れ落ちた。サムはその二人の身体を跳び越え、また別の男に腕を絡ませ、脇に引き寄せた。運の悪い男はじたばたして何度も拳でサムを叩いたが、サムはと言えば、たった一回、相手の横面をはたいただけだった。ぐったりした男を、サムは脇の下にとらえた。そして男を引きずりながら、カーメラと仲間が床から立ち上がろうとしているほうに向き直った。

サムは気絶した男をひょいと頭の高さまで持ち上げると、カーメラと仲間に向かって放り投げた。三人は積み重なって倒れ、もう起き上がろうとはしなかった。

サムがジョニーの加勢に向かうと、殴り合いのさなかだった。ジョニーは健闘していたが、サムの目に、別の台から大勢の男たちが押し寄せてくるのが見えた。

「引き上げろ、ジョニー！」サムは叫ぶと、ジョニーが振り回している腕をかいくぐり、相棒の相手の男を片手で殴りながら、もう片方の手ですくい上げた。そしてその身体を頭上高く持ち上げ、玉突き台の向こうの、大勢が迫ってくる方向に投げつけた。男はそのうちの二、三人を道連れにしながら床に転がった。

それがこの夜の顚末だった。ジョニーとサムは玉突き場を出た。誰も二人の邪魔をしようとはしなかった。あとをつけてくる者もいない。あのジョー・ジェネラでさえ。

二人は歩道を急ぎ足で歩き、ミルトン通りで北に向かい、ホビー通りまでの一ブロックを走った。そこで急に西に向きを変え、数分後にクロスビー通りに出た。クロスビー通りを足早に歩き、ちょうどラビー通りに着いたところで、路面電車がやって来た。二人は電車に乗り込んだ。

乗客はほんの数人で、ジョニーとサムは難なく空席を見つけた。ジョニーはハンカチを取り出し、頬についた血に押しあてた。

「わずかな時間にしちゃ、汗をかいたな」

「ああ、悪くなかった」サムが答えた。「ここ最近じゃ一番の運動になったよ」彼はにやりとした。

「リトル・イタリーもそう悪いところじゃなさそうだ」

「時間の無駄だったがな——それに金も。さあ、これからねぐらを探さないと——一ドル二十セントで泊まれるような」

二人はマディソン通りで路面電車を降り、西に向かって歩き始めた。ジョニーは道沿いの看板を注意深く見ていた。一ドル数十セントの「ホテル」ならかなりたくさんあった。運河に近づくと、値段はぐっと下がり始め、間もなく三十五セントという安値の部屋を宣伝する看板が見えた。しかしジョニーにはその外観が不満だった。

「ぼろ宿だな」彼は言った。

「ベッドさえあれば、おれはかまわないぜ」サムが言った。「もし夜明けに起きて仕事に行くんなら、おれはもう寝たい」

二人はホルステッド通りまで行き、そこから南に向かった。二ブロック歩いたところで、ペンキを塗ったばかりの看板が目に入った。そこには〝個室、三十セント〟とあった。

「ともかく、看板はきれいだ」ジョニーは言った。「ここに泊まろう」

二人が薄暗い廊下に足を踏み入れると、消毒剤の鼻を突く匂いがした。階段を上がった先の二階に小部屋があった。椅子が一脚と小型のベンチが置いてある。格子窓の向こうにむさくるしい老人が座っていた。

「いい部屋はないかな」ジョニーが尋ねた。「三十セントで」

「めいめい三十セントだよ」老人は答えた。「ひと部屋につきひとりだ」

「いいとも」ジョニーは格子窓の下に三十セントをすべらせ、サムも彼に倣った。

老人は窓の下から開いた帳面を押しやった。「名前を書いとくれ」

ジョニーは宿泊簿にグレン・テーラー、ヘンリー・ウォレスと記入して返した。フロント係の老人は二人の著名な政治家の名前に目を落とした。「あんた方もかね」そう言ってあくびをした。「部屋は次の階の七号室と八号室だ」

「看板には個室とあったが、鍵はどこだ？」ジョニーが詰め寄った。

「この値段で鍵なんかあるもんかね。どの部屋にも内側に錠が取り付けてあるから、自分で下ろしとくれ。ただし、貴重品の保証はできないよ」

「もし貴重品を持っていたら、こんなところに泊まるもんか」ジョニーはやり返した。

二人は階段で三階に上がった。狭い廊下を照らすのはたったひとつの裸電球のみだった。両側にドアが並んでいる。開いているドアもあれば、閉まっているドアもあった。ジョニーは七号室の表示のある部屋の前で足をとめた。

室内には鉄製の寝台、マットレスとカバーなしの枕があり、みすぼらしい木綿の敷物が敷いてあった。部屋はベッドの長さより一インチ、幅は二フィート広いだけだった。他に家具はひとつもない。天井には六角形の網目の金網《チキン・ワイヤー》が張られていた。

「まあ、いいさ」ジョニーは言った。「ここは〈パーマー・ハウス〉（シカゴの高級ホテル）じゃないんだ。それでも今夜はわが家だ」

「やれやれ」サムはぼやいた。「おれたち、昼飯は〈レイクサイド・アスレティック・クラブ〉で億万長者と一緒だったってのに、泊まりはこんなぼろ宿とはね」

ジョニーはうんざりして答えた。「わからんぞ。明日の夜はタウナーの屋敷で寝ているかもしれない。それじゃ、おやすみ、サム」

ジョニーは七号室に入った。そして電気をつけようとスイッチを探って、どこにもないことに気づいた。彼は小声で悪態をつくと、荒々しくドアを閉め、がたがたする閂を掛けた。それから靴も脱がずにベッドに身を投げ出した。

五分後には眠りに落ちていた。

第九章

朝になると、ひとりの男が廊下のドアを喧しく叩いて回った。「朝ですよ、起きてください！」男は吠えるような大声で言った。「七時ですよ！」

ジョニーはうめきながらベッドの上に起き上がった。瞬きをして、眠気を払うように首を振る。それから自分のいる場所に気づき、立ち上がった。ドアを開けて廊下に出ると、サムもちょうど部屋から出てきたところだった。

「おい、あんた！」サムはなおもドアを叩いている男に嚙みついた。「真夜中に人を叩き起こすとは、どういう料簡だ？」

「誰でも八時までに退室してもらうのが決まりなんでね」男も負けずにやり返した。「さもないと追加料金がかかりますよ」

「サム、どうせおれたちは八時までに仕事に行かなきゃならないんだ」ジョニーが叫んだ。「来いよ」

二人は急いで廊下の奥に向かった。突き当たりのドアの上に〝手洗所〟の表示が見える。

中に入ると、トタンのたらいがあり、灰色の長いタオルが二枚、釘に掛かっていた。二人ともすでに服を着ていたので、他の泊り客に先駆けて顔を洗うことができた。朝寝坊をした客は、タオルがかすかに汚れ、かなり湿っているのに気づいただろう。

二人はホテルを出て、マディソン通りまで歩いた。東に折れたところで見つけたレストランでそれぞれ十五セント払い、オートミールと干からびたロールパン、コーヒーの朝食をとった。これで残りは三十セントだが、ジョニーは小銭は残しておくべきだと判断した。そのあと二マイル先のタウナーの革工場まで歩き、着いたのは八時三分前だった。

オフィスに人の気配はなかった。事務員たちはどうやら九時からの出勤らしい。エレベーターも作動していないので、五階まで階段を歩いて上るしかなかった。

二人がちょうど月型芯部門に足を踏み入れたとき、八時のベルが鳴った。月型芯の仕分け係はすでに全員持ち場に着いていたが、ひとりだけ例外がいた。エリオット・タウナーだ。

ジョー・ジェネラがにやにやしながら近寄ってきた。「やあ、おまえさんたち、昨日の夜はわが地元を楽しんでくれたかい？」

「あんた、どこへ消えた？」ジョニーがうさん臭げに尋ねた。

「高みの見物と決め込んだのさ。おれは無関係だからな。もしおれがあんたなら、今夜はオークやミルトンの辺りはうろつかないぜ。カーメラや仲間どもに見つかったら、ただじゃすまないだろうからな」ジョーはそう言って、サムにウィンクをした。「たいした見ものだったぜ、サム」

「あれじゃ、ウォームアップにもならないね」サムは言った。

そのときハル・ジョンソンが並んだ樽の間から仕分け部門に歩いてきた。「無駄話はやめろ」彼はぴしゃりと言った。「ベルは五分も前に鳴ったんだぞ」

ジョーは自分の持ち場にすっ飛んで戻り、サムもしぶい顔をしながら立ち去った。ジョニーは月型芯を二枚つかんだが、ジョンソンはそばを離れようとしなかった。「きみは周囲に悪い影響を及ぼしているようだ、フレッチャー」彼は言った。「きみを雇ったのは一生の不覚だったかもしれない。その顔は誰に殴られた？」

ジョニーは頬の傷に手をふれた。

「昨夜、ブラック・ハンドの連中と小競り合いがありましてね」

「ブラック・ハンドだと？　気でも違ったのか？」

「例のマフィアが……」

ジョンソンは怒りを隠そうとしなかった。「マフィアの講釈はいらん。わたしはこの地元で育ったんだ。マフィアは最後のひとりまでいなくなって……」彼は口をつぐみ、疑うような目でジョニーを見た。「その話はカール・ケスラーから聞いたのか？」

「確かにあの人はブラック・ハンドがどうのこうのと言ってましたね」

ジョンソンはうんざりして鼻を鳴らした。「カールはブラック・ハンドに憑りつかれているんだ。イタリア人が口論したり揉め事を起こすたびにブラック・ハンドのせいにする」そう言って、首を振った。「工場で働きながら何をしているか知らんが、フレッチャー、きみはなかなか抜け目のない人物のようだな……」

「そいつはどうも、ボス！」

「ふふん！」

ジョンソンは苛々したように手を振って立ち去った。ジョニーはくすくすと笑いながら、月型芯の仕分けに取りかかった。

十分後、カール・ケスラーが血相を変えてジョニーのそばにやって来た。彼はジョニーが束ねた月型芯を点検しながら、こう問い詰めた。「なんだってハル・ジョンソンに、アル・パイパーを殺したのはブラック・ハンドだとわたしが言ってたなんて告げ口したんだ？」

「ジョンソンがあんたに、おれがそう言ってたと言ったんですか？」ジョニーは驚いた顔で尋ねた。

「わたしがブラック・ハンドについて話していたと言ったそうじゃないか」

「そいつはまあ、実際、そうでしたからね、昨日は」

「しかし、わたしはブラック・ハンドがアル・パイパーを殺したなんて言ってない。アルはイタ公《ギニー》じゃなかった。ブラック・ハンドのギニーが殺すのはギニーだけなんだ」

「いいですか、カール」ジョニーは辛抱強く言った。「ジョンソンがおれのところに来て、その顔はどうしたのかと尋ねたんです。それでおれはブラック・ハンドにやられたと答えた、それだけのことなんです。ほんの冗談だったんですよ。ほら、よくドアにぶつかって目に青あざをつくったときなんかにそう言うでしょう」

　ケスラーは好奇の目でジョニーの顔を眺めた。「誰にやられたんだ？」

「どっかの野郎ですよ。余計な事に首を突っ込んじまったってわけです」

「ああ、きみが他人事に首を突っ込んだ結果がそれだ」

「そう言いましたよ」

「確かに、きみはそう言った。覚えているならけっこうだ」ケスラーは月型芯の束をジョニーに押しつけた。「これはみな、ミディアムでいい」

　ジョニーはその月型芯はヘビーだと言おうとしたが、カール・ケスラーはそそくさと立ち去ってしまったので、月型芯の束はミディアムの側に移された。

もう数組仕分けたところで、ジョニーは老デンマーク人のスウェンセンがこちらを盗み見ているのに気づいた。「やあ、相棒」彼は老人に声をかけた。

「若いもんのやる仕事じゃない」老水夫は首を振りながら言った。「自分で事業を始めるべきだ。手間賃仕事に未来はない。ケスラーとジョンソンは三十九年間、ひとつ所で働いてきた。彼らはまったく世界を見ていない。このわしはローマ、カイロ、シドニー、上海をめぐり……」

「あげく、今はここで働いてるんだよな」

「陸《おか》に上がっちまったからな。無念だった。だが、わしは世界を見てきた。その思い出がある」

「おれだってさ」ジョニーは言った。

「若いくせにどんな思い出があるんだね?」

「おれは本のセールスにかけては世界一なんだ」ジョニーはほがらかに言った。「年に五万ドルも売ったことがあるんだぜ。ある年なんか、アメリカ大統領より稼いだんだ」

「やれやれ!」スウェンセンは冷やかした。「おまえさんが大統領なら、わしはネルソン提督だ」

「まあ、いいさ」ジョニーは言った。「あんたにはあんたの夢がある。おれも同じだ。おれが昨日の夜、ミスター・タウナーとディナーをともにしたと言っても、あんたは信じないだろうな。そうさ、レザー・デュークご本人とだよ」

「ふふん」スウェンセンは鼻を鳴らした。「どうやらおまえさんは世界一のほら吹きのようだな!」

ハル・ジョンソンが自席から大股で歩いてきた。その顔は暗く曇っている。「フレッチャー」大声で言った。「たった今、オフィスから電話があった……ミスター・ハリー・タウナーがきみに降りてきてほしいそうだ」

ジョニーは平然とうなずいた。「どうも、ボス」そして口をあんぐりと開けたスウェンセンにウィンクをした。

「いったい、どういうことだ?」ジョンソンが叫んだ。

「あとで話しますよ」ジョニーはさらりと答えた。「ハリーを待たせてはいけませんから」

ジョンソンは手のひらで額を叩き、作業台に寄りかかって身を支えた。そしてジョニーが立ち去るのを見送った。

エレベーターで一階に降りたジョニーは、ナンシー・ミラーのデスクに歩み寄った。「おはよう、お嬢さん。どこに行けばハリーに会えるかな?」

「ハリーですって?」ナンシーは息をのんだ。「とうとう完全に頭がいかれてしまったの?」

「とんでもない、お嬢さん。ハリーがおれに会いたがってるのさ」

「それはミスター・タウナーのこと?」

「そのとおり。デューク本人だ。皮革業界の問題について、おれに二、三、尋ねたいことがあるらしい。おれは昨日の夜、クラブで彼に、ここらでいくつか改革を行うべきだと進言したんだが――」

エリオット・タウナーが少し先のオフィスから出てきて呼びかけた。「フレッチャー! こっちだ」

「ああ、デュークの若さまだ」ジョニーは叫んだ。「またな、お嬢さん」

ジョニーはさっとナンシーのデスクを離れ、エリオット・タウナーのいるほうに向かった。「今朝の調子は、エル?」ジョニーは近づきながら尋ねた。

「ぼくは問題ない」エリオットはつっけんどんに答えた。「あんたのほうはあと数分でどうなるかわからないがね」そして脇によけ、ジョニーをレザー・デュークのオフィスに通した。

そこは二十四フィート×三十フィートはあろうかという大きな部屋だった。足首が埋まりそうなほど分厚い絨毯と、チーク材の手彫りの家具が目に入る。ハリー・タウナーは巨大なデスクの向こうに座り、太い葉巻をくわえていた。エリオットがジョニーのあとからオフィスに入り、ドアを閉めた。

「ミスター・フレッチャー」ハリー・タウナーが口を開いた。「今朝は顔にあざをつくっているようだが。昨夜の張り込みとやらで何か不都合があったのかね？」

「いや、たいしたことはありませんよ、ミスター・タウナー」ジョニーは事もなげに答えた。「お話しするようなことは何も。わたしとクラッグは六、七人の男たちに襲われたのですが、大事には至りませんでした」

「なるほど、そうだろう。六、七人だったのなら。さて、要点に入ろう、フレッチャー。例のマフィアの件についてだが……」

「はい？」

ハリー・タウナーは葉巻を数回、勢いよく吹かすと、ジョニーに警告するように厚い煙を吐き出した。「わたしは簡潔な答えがほしいのだ、フレッチャー。だからイエスかノーで答えてくれ。きみは覆面捜査官なのか？　それともそうではないのか？」

「そいつはまた、ミスター・タウナー」ジョニーは叫んだ。「わたしが覆面捜査官だなんて、いったい誰にそんな考えを吹き込まれたんです？　わたしはこの工場では月型芯の仕分け係です。雇われてここの五階で――」

「イエスかノーだ！」レザー・デュークの声が轟いた。

「イエス」ジョニーは言った。

「何がイエスなんだ？　きみは覆面捜査官だということか？」

「いいえ。つまり、わたしは月型芯の仕分け係だということです」

タウナーは葉巻を口からはずし、灰皿の端に注意深く置いた。そしてデスクに両手をついた。「では次の質問に答えてもらおう。手短に、イエスかノーでなくてもよいが、簡潔にだ。なぜきみは昨夜、クラブにわたしを訪ねてきた？」

「いや、あなたに会いにいったわけではありません。わたしとサムがクラブにお訪ねしたのはミスター・エリオットです。それをドアマンが勘違いして、あなたに連絡してしまったんです。わたしがミスター・タウナーに会いたいと頼んだもので、それで――」

「わたしはこれでも辛抱しようと努力しているのだ、フレッチャー」ハリー・タウナーは野太い声で言った。「だから簡潔に答えたまえ――頼むから！　なぜきみはエリオットに会おうとしたんだ？」

「それは会社の規則のせいですよ、ミスター・タウナー」

レザー・デュークはデスクについた両手に力を込めた。「〈レイクサイド・クラブ〉を訪ねるという社則があるとでも……？」

「ああ、いや、そういう意味ではありません。給料の前渡しについての規則です。なにしろ、わたしもサムも無一文状態でして。昨日、ミスター・エリオットがご親切にもわれわれに昼食をおごってくださったものですから、てっきり、その――」

「まさか！」ハリー・タウナーは小声で言った。「そんなばかな話があるものか！」

「それがあるんです」ジョニーは言った。「われわれがクラブを訪ねた理由はただひとつ、ミスター・エリオットにディナーをご馳走してもらうためです」

「本当ですよ、お父さん」エリオット・タウナーが叫んだ。「彼らは現実に、昨日、ぼくをランチに誘ったんです。ところが伝票が来たとたん、こっちに支払いを強要したんです。街なかのあんな狭い場所で、たいした騒ぎでしたよ」

「そりゃ、違いますって」ジョニーは言った。「騒ぎなんて起こしてません。わたしはただ、タウナーの従業員が二人も午後いっぱい皿洗いなんかしてたら、社の名折れになるだろうからとお願いしただけでして――」

「フレッチャー」レザー・デュークが口を開いた。「例のブラック・ハンドの件は……」

「あれはですね、ミスター・タウナー。料理が運ばれるまで、あなたとの会話をもたせるためですよ。しかし、わたしがあなたにお話ししたのはみな本当のことですよ。ブラック・ハンドについてや――われわれのことについても。わたしは、われわれはここで工員として働いていると言いました。実際に働いていています。それからブラック・ハンドの歴史についてもお話ししましたが、あれも史実です。もしあなたが誤解なさったのなら……」

ハリー・タウナーは突如、大きな椅子を後ろに引いて立ち上がった。「待て、フレッチャー。十秒間、黙っていろ。何も言うんじゃない」

タウナーはジョニーに背を向け、右の拳を左の手のひらに叩きつけた。ジョニーはエリオット・タウナーを見て、力なくほほえんだ。返ってきたレザー・デュークの息子の視線は刺すように冷たかった。

第十章

三十秒間というもの、部屋に聞こえるのはレザー・デュークの荒い息づかいだけだった。やがて彼は振り向いた。

「先程きみがわたしに聞かせた話だが——どういう経緯でそのあざをつくったのかという——フレッチャー……」

「あれは本当のことです。昨夜あなたと別れてから、サムと二人でリトル・イタリーに乗り込みましてね。とある玉突き場に入ったところ、カーメラと言い争いになったんです。彼は四、五人の仲間とともにわれわれに襲いかかってきました。証明もできますよ。証人がいるんです。ここの月型芯部門で働いている男で……」

「名前は?」

「ジョー・ジェネラです」

ハリー・タウナーは息子に人差し指を突きつけた。「階上《うえ》に行ってこい、エリオット。そのジェネラという男に——」

「了解、お父さん」エリオットは答えて、ドアに向かって歩きだした。しかし、ドアが開くのと同時にタウナーが叫んだ。「待て!」

ハリー・タウナーはジョニーを振り返った。「息子を行かせて確かめさせていいんだな?」

「もちろんですとも」

「よろしい、エリオット」タウナーは言った。「行かなくていい」そして深く息を吸った。「さあ、フレッチャー、教えてくれ。きみはなぜここにいる?」

「そりゃ、あなたに降りてくるように命じられたからで――」

「またその調子で煙に巻こうとしても、そうはいかん」タウナーはぴしゃりと言った。「わたしがそういう意味で言ったのでないことはよく承知しているはずだ。なぜきみはこの工場で働いているのだ?」

「目下のところ一文無しだからです。実を言いますとね、おれは本のセールスマンなんです」

「セールスマンだと!」

「それも世界一の。これは決して自慢で言ってるんじゃありません、ミスター・タウナー」

「ああ、そうだろうとも。わたしも昨夜はきみにまんまとだまされたからな」タウナーは葉巻をつまみ、ぷかぷかと吹かした。「セールスマンか、ふん」彼は出し抜けにインターホンのスイッチを入れ、デスクに身を乗り出して、吠えるように言った。「エドガー、すぐに来てくれ!」そしてスイッチを切ると、考え深げにジョニーを見た。

「わたしは昔から人を見る目には自信があってね。昨夜はきみをただ者ではないと思ったが、もしそれが誤解だったのなら……」

タウナーがそこまで言ったとき、ドアが開いて、完全に頭の禿げあがった男が入ってきた。

「販売部長のミスター・ブラッケンだ。エドガー、こちらはミスター・フレッチャー、月型芯の仕分け係をしている」

タウナーによる紹介の冒頭、ブラッケンは進み出て、笑顔を浮かべながら片手を差し出したが、最後にジョニーの身分が告げられると、笑顔は消え、手は下がり、棒立ちになった。

「はあ、ミスター・タウナー」彼は戸惑った様子で言った。

「ミスター・フレッチャーはな」タウナーは続けた。「セールスマンだという話だ。そこでわたしは彼に試験を課そうと思う。月型芯のサンプルと注文用紙を渡してやってくれ。彼はこれからジョン・B・クロフト製靴会社を訪問し、月型芯の注文を取ってくることになっている……」

「ジョン・B・クロフト社ですか！」ブラッケンは叫んだ。「しかし、ミスター・タウナー、ご承知のとおり――」

「ああ、承知しているとも」タウナーはさえぎった。「連中はわが社から大量の月型芯を買っている。連中が作る靴の品質はお粗末だが、そこに月型芯が使われる限り、われわれとしてはそれを売るまでだ。あらゆる品質のものをあらゆる値段で。さあ、フレッチャー、きみに月型芯の注文を取ってくることはできるかね？」

「もしおれが売り込みに成功したら？」

ハリー・タウナーは肩をすくめた「きみはもう上の階《フロア》で働かなくてよろしい」

ジョニーは顔をしかめた。「この会社は本当にこれまでジョン・B・クロフト製靴会社に月型芯を売ったことがあるんですか？」

「もちろんだ！」

「いつ頃の話ですか？」

「いつ頃だったかな、ミスター・ブラッケン？」

販売部長ははっと息をのんだ。「ええとですね、十二年前です」

「わかりました」ジョニーは深く息を吸った。「サンプルをください」

ブラッケンはハリー・タウナーの様子を伺った。レザー・デュークは厳めしい顔でうなずいた。

「サンプルを渡してやれ、ミスター・ブラッケン。それと注文用紙を」

「あと必要経費を少々お願いします、ミスター・タウナー」ジョニーが言った。「電車賃の持ち合わせもないんで」

「電車賃の心配ならいらんぞ、フレッチャー。場所はここからほんの数ブロック先だからな。しかし、一理ある。多少の費用は必要だ。ブラッケン、彼に十ドル用意してくれ……。すぐに出かけるんだろう、フレッチャー？」

「ええ」

「けっこう。わたしはここできみから首尾を聞かせてもらうのを待つとしよう」

ブラッケンがドアに向かって歩きだしたので、ジョニーもそのあとを追った。エリオットの横を通り過ぎたとき、わざとらしい忍び笑いが聞こえた。

ブラッケンはジョニーを連れてタウナーのオフィスの隣の小さな部屋に入った。ジョニーが中に入ると、彼はドアを閉めた。

「何がどうなっているのかさっぱりわからないがね、フレッチャー」販売部長は言った。「一応、ジョン・B・クロフト社とわが社とは天敵同士とも言える間柄だということを伝えておく……」

「なるほどね、そんなとこだと思ってました」

「ジョン・B・クロフト社には、タウナー社の人間は誰であろうと、連中の敷地に足を踏み入れたとたん、ほっぽり出さなければならないという決まりがあるのだ。あそこを訪ねても時間を無駄にするだけだ。もしきみが賢明なら、給料代わりに十ドル受け取って――」

「サンプルももらいますよ。それと注文用紙も」

ブラッケンは一瞬、ジョニーを見つめたが、やがて首を振り、長机まで歩いていった。そしてセールスマンの道具一式の入った箱を手に取り、ジョニーに渡した。

「まあ、好きにしたまえ」

ジョニーは箱を開け、革の月型芯を二枚取り出し、ポケットに突っ込んだ。そして注文用紙の綴りから二枚破り取り、折りたたんで胸ポケットに入れた。「では、差し支えなければ経費のほうを……」

ミスター・ブラッケンは懐から財布を取り出し、十ドル札を一枚引き抜いた。「達者でな、フレッチャー」

「またすぐに会えますよ」ジョニーは販売部長に軽く手を振り、部屋を出た。

そのあと、ジョニーはナンシー・ミラーのデスクで立ち止まった。

「クビになったの?」彼女は尋ねた。

「昇進さ。おれは今やセールスマンだ。ジョン・B・クロフト社に注文を取りにいくところなんだ」

ナンシーは息をのんだ。「あなた、誰かにだまされているのよ」

「デュークだ。もしおれがクロフト社から注文を取ったら、ここで好きな仕事に就かせてくれると言ったんだよ」

「そこなのよ、ジョニー」ナンシーは緊張した声で言った。「クロフト社の注文なんて取れるわけないわ。ハリー・タウナーとジョン・B・クロフトは犬猿の仲だもの」

「これもきみのためなんだよ、お嬢さん」ジョニーは芝居がかった口調で言った。「きみが工員とは付き合わないと言ったから、おれはホワイトカラーの仕事を得ようとしているんだ。セールスマンさ。そうすれば、きみは――」

「おばかさんね、ジョニー」ナンシーの声がやわらいだ。「どうかしてるわ。でも、わたしはあなたが好きよ。ただ――」

「また戻ってくるよ」ジョニーはそう言ってオフィスをあとにした。

しかし通りに出ると、ジョニーの自信はいささか萎んでしまった。彼は北に向かい、ディヴィジョン通りで東に折れた。そしてララビー通りの突き当たりで五分ほど立ち止まった。ほとんど諦めかけたとき、通りの向かい側にある店の看板に目が吸い寄せられた。〝リサイクル・ショップ〟

不意にひらめくものがあり、ジョニーは通りを渡ってその店に入った。店内の様子はよくある中古品店と変わらなかった。ラックに吊り下げられた様々な状態の古着。カウンターに広がる錆びた工具や金物類。店の奥のカウンターには古い靴が高く積み上げられている。カウンターの正面に置かれた四つの木樽はどれも中古靴でいっぱいだった。

改心した元大酒飲みのような青白い顔のやせた男がジョニーの前に立った。「何かお探しで?」

「靴がほしい」ジョニーは答えた。「サイズは九半で」

店員はカウンターのひとつを指さした。「そこにあります。サイズは請け合えませんが」

「まあ、問題ないだろう」

十分後、ジョニーは店員に、かつては靴であった二つの代物を見せた。甲革の部分はひびが入って擦り切れ、一足のうち片方の爪先は半インチも裂けていて、かかとは両方ともぐらぐらになっている。片方には見事な穴があいていた。

「いくらだ?」ジョニーは尋ねた。

店員は顔を赤らめる程度の恥じらいは持っていた。「その、ええと、どこでこれを見つけたのですか?」

「樽の中だよ。あまり上等とは言えないな、そうだろう?」

「一応、選別はしてあります。うちでは使用できる商品だけをお売りする決まりになっていますので」

「きみはこれが使用に耐えるものだと思うかい?」

「その、多少、傷みはあるようですが……」

「見てくれ」ジョニーは片方の靴のかかとをつかむと、不意にぐいと引っぱり、半分まではがした。

「これでも使い物になるかな?」

「いいえ。しかし、それはお客さまが――」

「わかってるって」ジョニーはさえぎった。「だが、おれがこうする前だったら、どのぐらいの価値があったのかな?」

「一足五十セントだと思いますが、でも――」

「よし、決まりだ。じゃあ、包んでくれ――新聞紙にでも」

店員は靴を包んだ。十ドル札の釣り銭を用意するのに多少手間取ったが、隣のドラッグストアに頼んでなんとか解決した。ジョニーはようやく新聞紙に包んだ荷物を小脇にはさみ、ディヴィジョン通りに戻った。

ミルトン通りを横切ったあと、ジョニーは数ブロック先のオーク通りの方向を気づかわしげに見たが、そのままディヴィジョン通りを歩き続けた。数分後、彼はジョン・B・クロフト製靴会社の工場である六階建ての近代的なレンガ造りの建物に到着した。そして中に入った。

待合室にはマツ材の羽目板が張り巡らされ、片隅に置かれた上等なマツ材のデスクの向こうに魅力的な赤毛娘が座っていた。革張りの肘掛け椅子に座っている二人の男はクロフト社の重役との面会を待っているのに違いない。

「ミスター・クロフトを」ジョニーは赤毛の受付係に言った。「名前はジョン・B」

「お約束はありますか？」

「いや。約束はしていない」

「ミスター・クロフトはお約束のない方とはいっさいお会いになりません」

「彼にフレッチャーが訪ねてきたと伝えてくれ」

「個人的なお知り合いでいらっしゃいますか？」

「いや」

「でしたら、お伝えしても無駄だと思います。ミスター・クロフトはお約束のない方とはいっさいお会いになりませんので」

「彼にフレッチャーが会いたがっていると伝えてくれ」

「では、ご用向きをお伺いして……」

「個人的な用件だ」

「でも、たった今、お知り合いではないとおっしゃいましたが」

「ああ、ただ、用事の中身は個人的なことなんでね。そう伝えてくれ」

赤毛娘はたじろいで受話器を取った。「少々お待ちください。ミスター・クロフトの秘書を呼びますので……」彼女は受話器に向かって話しかけた。「ミス・ウィリアムズ、こちらにお見えのお客さまがどうしてもミスター・クロフトに会いたいとおっしゃっているのですが。個人的なご用件ということで……。はい、ええ、でもちょっといらしていただけませんか？」赤毛娘は電話を切った。「ただいまミス・ウィリアムズがまいります」

ほどなくしてミス・ウィリアムズが現れた。小太りで鼻眼鏡をかけている。「ミスター・クロフトにお会いになりたいそうですが」彼女は居丈高に言った。「どのようなご用でしょうか」

「この赤毛美人のお嬢さんに、おれとミスター・クロフトの間の個人的な用件だと話してある」

「わたくしは秘書としてミスター・クロフトから信任を受けております。ご用向きの種類を伺わない限り、お通しするわけにまいりません」

ジョニーはきっぱりと言った。「あんたはミスター・クロフトのことは万事承知してるんだろう、え？　だったら、とっとと彼のところへ行って、ミスター・フレッチャーが来て会いたがっていると伝えるんだ。フレッチャーだ。F、l、e、t、c、h、e、r。この名前を伝えて、よく考えるように言え。そして三分間、待ってやるとな。それ以上はだめだ。わかったか？　名前はフレッチャー、待つのは三分だ」

信任厚い秘書はぎょっとしてジョニーを見たが、すでに貴重な時間を無駄にしていることに気づき、慌てて踵を返した。二分四十五秒後、彼女は戻ってきて、開けたドアを押さえながら言った。

「どうぞお入りください」

ジョニーは広い廊下を歩き、突き当たりの待合室に入った。小太りの秘書が急ぎ足で彼を追い越し、鏡板を張ったドアを開けた。

ジョニーは中へ入った。

ジョン・B・クロフトのオフィスはハリー・タウナーの部屋とほぼ同じ広さだが、家具はチーク材よりマホガニー材のほうが好みらしかった。当人は小男で——小柄で、太っていて、禿げていた。彼は軽く汗をかいていた。

「わたしに用事があるという話だが、ミスター・フレッチャー」ジョン・B・クロフトは少しばかりそわそわしながら言った。

ジョニーはうなずくと、近づいていき、製靴会社の主《あるじ》の目の前にある革張りの椅子に腰を下ろした。そして新聞紙で包んだ荷物を注意深く膝に置き、ジョン・B・クロフトを見た。

ジョン・B・クロフトは咳払いをして、咳き込み、もう一度咳払いをした。「ああ、その、申し訳ないが、きみのことを思い出せないのだが、ミスター、ええ、フレッチャーだったかな？」

「フレッチャーです」ジョニーは言った。

クロフトはじっと考え込んだ。その顔には先程より多くの汗が浮かんでいた。「ようするに、その、どういった——つまり、きみはなんの用件でわたしに会いにきたんだ？」

ジョニーは三十秒ほど待ち、静かに口を開いた。「あなたはここで非常によいお仕事をなさっていますよね、ミスター・クロフト」

クロフトは丸々した手の甲で額をぬぐった。「ああ、その、要点に入ろうじゃないか、ミスター・

フレッチャー。靴仕事について話すためにここに来たわけじゃなかろう」

ジョニーはいかにも不服そうに口をすぼめ、すぐにその口を引き締めた。そして膝の包みを用心深く持ち上げ、紐を解いた。彼は紐をまとめ、ポケットにしまった。クロフトの視線は包みに吸い寄せられた。

ジョニーは慎重に包みを開き、古びたぼろぼろの靴の片方を、次いでもう片方を持ち上げた。次に椅子から立ち、クロフトのデスクに歩み寄って、その上にそっと靴を置いた。クロフトは長いこと靴を見つめ、ジョニーの顔を見て、それからまた靴を見て、最後にまたジョニーを見た。その目には戸惑いの色が浮かんでいた。

「靴です」ジョニーは言った。

クロフトは舌先で唇を舐めた。「その――わたしにはわかりかねるが」

「こいつを見てください」

クロフトは手を伸ばしたものの、半分迷いながら、片方の靴に恐る恐るふれた。しかし目の前で爆発するわけでもなかったので、手に取ってじっと見つめた。それからジョニーを一瞥して、また靴に視線を戻した。甲革からはがれた底革にさわると、突然引っくり返して、かかとの内側を見た。

「クロフト社製だ」彼はためらいがちに言った。

「クロフト社製の靴です」ジョニーが言った。

汗のしずくが顔から手の甲に落ち、クロフトはぴくりとした。

「月型芯にさわってみてください」ジョニーが促した。

ミスター・クロフトは月型芯にさわった。「つぶれている」

「それもひどく」ジョニーが追い打ちをかけた。

「その——要点がわからんのだが」クロフトは落ち着かない様子で言った。

ジョニーは脇ポケットに手を入れ、二枚の月型芯見本を取り出すと、クロフト社製の靴の残骸の傍らに丁寧に置いた。

「月型芯です」彼は言った。

クロフトは靴を置き、月型芯を取り上げた。その二枚にさわると、問いかけるような眼差しでジョニーを見た。ジョニーは再び口をすぼめた。

「あんたはこれまで一度もおれの名前を聞いたことがないんですか、ミスター・クロフト?」ジョニーは物静かな口調で尋ねた。

「いや、ないな。ないと思う。少なくとも記憶にはない。わたしは——わたしは人の名前と顔を覚えるのが不得手なのだ」

「そのようですね、ミスター・クロフト」ジョニーはポケットから注文用紙を取り出すと、開いて念入りにしわを伸ばした。それからクロフトのデスクに広げた。クロフトは驚いた顔で用紙に目を落とし、ジョニーの顔に視線を戻した。

ジョニーはおもむろにうなずいた。「おれはあんたに月型芯を買っていただきたいんですよ、ミスター・クロフト」

「ハリー・タウナーか」クロフトはつぶやいた。

「なんと言いました?」

「いくつだ?」クロフトは震える手で顔の汗を拭いながら叫んだ。

「じゃあ、紳士用オックスフォード靴、０サイズの二等級を十樽分と……」ジョニーは思案した。「それと、同じものの００サイズを十樽分ということで……ペンを拝借できますかね」

「い、いいとも……」

ジョニーは立ち上がると、デスクからボールペンを取り、注文を書き込んだ。そしてクロフトにペンを渡した。「あとはサインをもらえれば」

クロフトはそそくさと名前を書き、ジョニーにペンを返した。ジョニーはそれをペン立てに戻した。そして注文用紙を折りたたんだ。

「ありがとうございました、ミスター・クロフト」

「いや、どーーどうも、ミスター・フレッチャー」クロフトはジョニーがドアに向かうのを見て言った。「この靴は……どうするつもりだね？」

ジョニーは振り返り、かすかにほほえんだ。「ああ、ご心配なく、ミスター・クロフト。そいつはもう、なんの問題にもなりませんので……今となっては……」彼は再びほほえんで、ドアを開いた。

クロフトのオフィスを出ると、ジョニーはミス・ウィリアムズに重々しくうなずき、通り過ぎた。

ようやく外の歩道にたどり着いたとき、今度はジョニーが汗をかく番だった。

第十一章

ジョニーが再びタウナー皮革会社《レザー・カンパニー》のオフィスに姿を見せたのは、十二時五分前のことだった。ナンシー・ミラーは彼の姿を見て息をのんだ。

「戻ってきたの？」

「もちろん。戻ると言っただろう？」

「でも、オフィスじゅうの噂になっているのよ――ミスター・タウナーがあなたを実現不可能な任務に送り出したって……」

「不可能だって？　おれの辞書にはそんな言葉はないね」

「だけど、あなたはジョン・B・クロフトに会いにいったじゃないの」

「行ってきたよ」ジョニーは言った。「クロフトに会った。そして注文を取ってきた」

「まさか！」

「本当さ！　いい子で待ってろよ、デュークのオフィスから戻ったら、きみにいい知らせがある――おれたちのデートについて」ジョニーはナンシーにウィンクをすると、意気揚々とエドガー・ブラッケンのオフィスに向かった。そしてドアの端からひょいと顔を覗かせた。

「エドガー！」

ブラッケンは机から顔を上げるなり、驚きのあまり目を丸くした。ジョニーは指で合図した。「来いよ、エド！」

ジョニーはハリー・タウナーのオフィスに行くと、ノックもせずにドアを押し開けた。タウナーはちょうど電話の受話器を置いたところだった。

「フレッチャー！」タウナーは信じられないといった顔で叫んだ。「これはいったい……」

ジョニーのあとからそっと部屋に入ってきたブラッケンは、ドアのすぐ内側で立ち止まった。いざとなったらすばやく逃げられるようにだろう。ジョニーはずかずかと部屋を横切りながら、クロフトの注文用紙を取り出した。

「ミスター・タウナー、フレッチャーからセールス結果の報告です！」彼は注文用紙を広げ、タウナーに見えるように突きつけた。

タウナーは椅子を蹴って立ち上がり、ジョニーの手から注文用紙を引ったくった。「二十樽！」彼は吠えるように言った。「どこでこれを手に入れた？」

「当然、クロフト製靴会社からですよ。そいつはジョン・B・クロフトのサインで……」

「どうせ偽物だろう！」

「ミスター・タウナー！」ジョニーは憤慨して叫んだ。

「これもきみの離れ業か。だがそうは問屋が卸さないぞ。どうせわたしはクロフトに電話しないと思っているんだろう」

「いやいや、どうぞ電話してください」

タウナーは疑り深げにジョニーを見た。「この注文は本物なのか？」

「もちろんです。ミスター・クロフト本人がサインしました。小太りで、頭の禿げた男でした」

「なるほど、確かにそれはクロフトだ。しかし……」タウナーは目をすがめた。「どうやってこれを手に入れた？」

「彼のオフィスを訪ねて、月型芯を注文してほしいと頼んだら、これを書いてくれたんです。それだけのことです」

タウナーは受話器をつかみ、怒鳴った。「ジョン・B・クロフトに繋いでくれ」

ジョニーはその場にあった椅子に悠然と歩み寄り、さりげなく腰掛けた。やがてクロフトが電話に出た。「クロフト」ハリー・タウナーが嚙みつくように言った。「ここに月型芯二十樽の注文書があるんだが——きみのサインのある……。なんだって？　本当にサインしたのか？　なんのことだ？　わたしにはきみがなんの話をしているのか、さっぱりわからんぞ、クロフト。それはこっちのせりふだ、まったく！」

タウナーは険しい目をして、しばらく耳を傾けていた。「ともかく、きみは注文したんだな？　わたしが知りたいのはそれだけだ。きみは月型芯を手に入れるのだから、その分の料金は払ってもらう！」タウナーは受話器を台に叩きつけると、険悪な表情でジョニーを見た。

「本当は何があったんだ、フレッチャー？」彼はゆっくりと尋ねた。「真実を述べ……」

「真実はですね、ミスター・タウナー。おれはクロフトに面会を申し込み、オフィスに入れてもらうと、彼に頼んで——」

「クロフトは何やらつぶやいていた。古靴がどうとか……恐喝とか」

「恐喝ですって？　なんの話だか、さっぱり……」不意にジョニーはにやりとした。「いいでしょう、ミスター・タウナー。本当のことをお話しします。おれはディヴィジョン通りの中古品店に立ち寄って、そこにあったクロフト社製の靴で一番みすぼらしいのを一足買いました。小道具ですよ。クロフトのオフィスでは、面会の約束があるかどうかで揉めましてね。ちょっとばかし連中を脅してやりました。言葉の中身じゃなく、その言い方でね。いかにも意味ありげに間をあけたり、自分の名前を強調したりして。クロフトの秘書に、三分待ってやるが、それ以上はだめだと言ったんです。これは決して嘘じゃありません。もしクロフトが三分で会う気にならなかったら、おれたちが顔を合わせることはなかったでしょう。クロフトは会うと言いました。おれはオフィスに通され、椅子に座って、彼に好きに喋らせました。クロフトは良心にやましさを抱えていました――ほとんどの男がそういうものでしょうがね。一度ならず、若いご婦人と不適切な付き合いがあったとか、まあ、そんなところです。で、おれがただ座っているだけで、クロフトのほうは勝手に取り乱してしまったというわけです。それからおれは包みを開いて、彼に中に入っていた靴を見せました。そしてうちの月型芯を二枚見せて、いくつか買う気はないかと尋ねました。本当は百樽ぐらい吹っかけてやってもよかったんですが、そこはまあ、手加減してやりました。もちろん、ご命令とあらば、これから戻って、もう八十樽の注文を……」

「いや、いい」タウナーは野太い声で言った。「その必要はない。きみは自分の力を証明した。確かにきみはセールスマンだ」

「そう言ったはずです」

「認めよう。きみはジョン・クロフトに商品を売り込んだ。しかし、きみは彼よりはるかに手強い男に自らを売り込んだのだ。このわたしに。きみは試験に合格した。やり方についてとやかく言うつもりはない。わたしはきみに実行不可能な課題を与え、きみはそれが不可能ではなかったと証明した。きみの手法は正当だと認めてよいと思う。さて――報酬についてだが。望みのものを言ってみたまえ、フレッチャー」

ジョニーは考え込むように自分の手を見つめ、それからエドガー・ブラッケンに視線を移した。小柄な販売部長は見るからに怯んでいた。「あんたはどのぐらい給料をもらってるんですか？」

「ね、年に七千ドルだ」販売部長は口ごもりながら答えた。

そのとき、ブラッケンの背後にリンドストローム警部補が現れた。「失礼、みなさん」彼は口を開くなり、ジョニーの姿に気づいて顔をしかめた。「きみか、フレッチャー。ちょうど会いたかったところだ」

「やれやれ、またですか！」ジョニーはため息をついた。

「なんの用だね、警部補」ハリー・タウナーが焦れたように言った。「まだ他に質問が？」

リンドストローム警部補はポケットから手帳を取り出した。「昨夜、八時四十三分のことですが、この男と相棒の大男がオーク通りの玉突き場に現れましてね。カーメラ・ヴィタリと口論になり、乱闘を始めて……」

「その件なら承知している、警部補」レザー・デュークは言った。「本人から話を聞いた」

警部補は眉間にしわを寄せた。「わたしはカーメラに尾行をつけていたのです。わたしが知りたいのは――なぜきみは昨日の夜、あの場に行ったんだ？」

「カーメラに尋ねたいことがあったからですよ」ジョニーは答えた。

「どんなことだ？」

「いやだな、しらばっくれるのはやめてくださいよ、警部補。昨日、ここで殺しがあったんですよ」

「その件は忘れていない」警部補は苦々しげに言った。「きみの革裁ち包丁《レザーナイフ》がなくなった件もな。そして偶然にもきみが殺しのあった朝からここで働き始め、カーメラのことを嗅ぎ回っているという事実も忘れてはいない」

「警部補」ジョニーは苛立ちを抑えながら言った。「あんたは誰がアル・パイパーを殺したか、知っていますか？」

「今の時点ではまだだが、しかし――」

「では、なぜ殺されたかは？」

「いや、だが――」

「あんたはご存じない、警部補」ジョニーはさえぎった。「このおれだって知らない。しかし、あんたよりは先に知ることになるはずだ」彼はハリー・タウナーに向き直った。「ミスター・タウナー。この一件は、会社にとってプラスにはなっていないでしょう？」

「今朝になってわが社の株は四ポイント下がった」タウナーはきつい口調で言った。「わたしはこのごたごたを一刻も早く片付けてしまいたい。わたしは真剣だぞ、警部補。半時間前に市長とも話したが……」

「承知しています、ミスター・タウナー。十分前に本部から連絡がありましたから。しかし、警察にはご協力いただかなければなりません。会社のために従業員をかばいだてするのは……」

「そんなつもりは毛頭ない」タウナーはそっけなく言った。「犯人の証拠さえつかんでくれれば、全力できみを助けると約束する」

「その言葉、お忘れなく」警部補は硬い声で答えて立ち去ったが、部屋を出る際、入れ違いに飛び込んできた者のために脇へよけなければならなかった。

それはリンダ・タウナーだった。

「お父さん」リンダは呼びかけ、それからジョニーに気づいた。「ミスター・フレッチャー、どこかでお会いできないかと思っていたの。あなたならきっと、うまいことを言ってわたしにランチをご馳走させるんじゃないかしら」

ジョニーはにやりとした。「昨夜以来、おれの立場もいささか変わってきたようだ」

「まあ、それじゃ、父を説得してクビになるのを免れたの？　わたし、あなたならきっとそうできると思って、父と賭けをする誘惑に駆られたのよ。でも、あなたのことよりも、父のことをずっとよく知っているので……」

「少し黙らんか、リンダ」ハリー・タウナーが太い声で言った。「ミスター・フレッチャーとの話がまだ終わっていないのだ」タウナーは騒々しく咳払いをして、エドガー・ブラッケンをぎろりと見た。「きみはブラッケンの職に就きたいと言うのだな、フレッチャー」

「おれが？　とんでもない。販売部長ってのは一日中、オフィスで座っているのが仕事でしょう？　冗談じゃない」

「仕分け係も一日、作業台の前に座っているだろう」タウナーは言った。「場合によっては立って仕事をすることもあるが」

そのとき、昼休みを告げる工場のベルが鳴った。

「ちょいと失礼しますよ」ジョニーは大声で言って、オフィスを出ていった。そしてナンシー・ミラーのデスクに歩み寄り、彼女に一ドル札を二枚預けた。「今、重要な会議で抜けられないんでね。相棒のサム・クラッグが出てきたら、この金を渡してほしいんだ。昼飯をたっぷり食え、あとで会おうと伝えてくれ」

「会議って、デュークのお嬢さんと？」

「デュークとだ。おれはたった今、販売部長の職を蹴ってやった」

「嘘ばっかり！」

「ふふん、おれの狙いはそんなちっぽけなもんじゃない。あとで教えてやるから」

ジョニーはナンシーの肩を軽く叩き、タウナーのオフィスに戻った。彼のいない間に、エドガー・ブラッケンは姿を消していた。

「いいだろう、フレッチャー」ハリー・タウナーは言った。「きみが考える、販売部長よりよい仕事とはなんだね？」

「工場内探偵ですよ。自分の時間をすべて、アル・パイパー殺しの犯人を見つけるのに使いたいんです」

「しかし、それは警察がうまくやるだろう」

「そうかもしれません。でも、そうじゃないかもしれない。警察には解決しなきゃならない事件が山ほどありますからね。そもそも、警察といったって、警官が何かを嗅ぎ回り始めたとたん、人は貝のように口を閉ざしちまうもんです。その点、おれはその他大勢のひとり、他の連中と同じ仕分け係に過ぎません。何かと騒動を巻き起こすことについては特別な才がありますし」

「それにはわたしも気づいていたわ」リンダが加勢した。「わたしがあなたを気に入った理由はそこだもの」

「リンダ！」父親がたしなめた。

ジョニーは忍び笑いをもらした。「詳しいことは昼食をとりながら話し合いませんか？」

「それはだめだ」ハリー・タウナーは言った。「これからクラブで皮なめし工場の重役たちと会食の予定がある」

「わたしはあいているわ」リンダがきっぱりと言った。「〈フラタリング・ダック〉で昼食をとるつもりでいたの」

「そいつは偶然だ」ジョニーは叫んだ。「おれも昼食は〈フラタリング・ダック〉でとる予定だったんですよ。つまり、ミスター・タウナーとこの些細な問題を片付けたら、あそこでランチにしようとね」

「片は付いた」ハリー・タウナーが言った。「きみが販売部長の職を蹴ったのは過ちだと思うがね。まあ、この件については再度話し合えばいい。この騒動が解決したときにでも」彼は鼻を鳴らした。

「きみは警察に負けず劣らずうまくやってくれるだろう」

「決して連中に引けは取りません」ジョニーはそこで軽く咳払いをした。「探偵というものは通常、依頼料を頂くのが決まりでして。五百ドルといったところでいかがでしょう？」

「五百だと！」ハリー・タウナーは叫んだ。

「それと、殺しの犯人を引き渡したときに、もう五百ドル」

ハリー・タウナーは憤然とした面持ちで口を開いたが、突然首を振り、財布に手を伸ばした。「よかろう。きみが取ってきた注文は合計で三千ドルほどになる。五百ドルの手数料は高過ぎるとは言えない」

「あの注文は無料です」ジョニーは言った。「探偵料さえ払ってもらえれば」

「なんとでも好きなように呼べばいい。さあ、受け取りたまえ」

タウナーはジョニーに百ドル紙幣四枚と五十ドル紙幣二枚を渡した。

「車を外に停めてあるわ」リンダ・タウナーが言った。

ナンシー・ミラーは昼食をとりに外出したらしく、席にはいなかった。ジョニーは自分がリンダ・タウナーと出かけるところを彼女に見られなかったことにほっとした。

縁石の、唯一空いたスペース――消火栓の正面――に停まっていたのは、コンバーチブル型の明るい黄色のキャデラックだった。

「あなた、運転はするの?」リンダが尋ねた。

「旧式のぼろ車に限るがね」ジョニーは答えた。「この泥よけ《フェンダー》はおれにはでか過ぎる」

リンダが運転席に座り、ジョニーは助手席に乗り込んだ。彼女はギヤをセカンドに入れて車を発進させ、次の角を曲がる頃には時速四十五マイルで運転していた。

「昨夜、あなたが父にしたあの野蛮な話は」リンダが言った。「本当に、ただディナーをたかるためだけのものだったの?」

「イエスでもあり、ノーでもある。おれたちにはディナーが必要だった。しかしそれ以上に、おれにはきみのお父さんに自分を売り込む必要があった。仕分け係なんて、まる一日やればじゅうぶんだ」

リンダは笑い声を上げた。「父は自分がたかられたとは思いたくなかったのよ。エリオットからあなたにランチをたかられたと聞いたあとでさえも。そしてとうとう、あなたは自分を探偵だと父に信じ込ませてしまった」

「探偵はたまたま、おれの特技なものでね」ジョニーは涼しい顔で言った。「たとえば、きみは黒いシボレーに乗った男が必死でわれわれのスピードについてきているのを知っていたかい？」

リンダが背後を振り返ろうとするのを、ジョニーが鋭い声でとめた。

「だめだ――バックミラーで見るんだ」

リンダはジョニーに言われたとおりにした。「確かに、後ろに黒い車がいるわね。でも、どうしてあれがわたしたちをつけているとわかるの？」

「次の角で左折してくれ」

リンダはキャデラックのエンジンを吹かし、タイヤが軋るほどの勢いで左折した。ミラーを覗き込んでいたジョニーは、黒いシボレーが激しく傾き、かろうじて角を曲がるのを見た。

「今度はブロックを一周してラランビーに戻ろう。それでもついてきたら尾行に間違いない」

三分後、二人は出発地点に戻ってきた。黒いシボレーはその七十フィートほど後方にいた。「決まりだな」ジョニーは言った。「やつはおれたちをつけているんだ」

「まいてみせるわ」リンダが叫んだ。

「そんなことをしてなんになる？。やつの正体が気になるだけじゃないか。このまま〈フラタリング・ダック〉に向かおう」

第十二章

十分後、ジョニーとリンダはウォバッシュ通りの〈フラタリング・ダック〉に到着し、ドアマンに黄色のキャデラックを預けた。黒いシボレーは少し離れたところで別の車の横に停まった。

二人がレストランに入ると、給仕頭が飛んできてテーブルに案内した。

「わたしはドライ・マティーニを頂くわ」リンダは席に着いて言った。

「おれにはビールを」ジョニーは言った。

「ビールですって！」

ジョニーはにやりとした。「おれは労働者だからな。ところで、今日はフレディーとランチデートをしなくてていいのかい？」

「もちろんよ。だいたい、彼の話をするのは気が進まないんだけど」

「しかしだね、われわれは彼の話をしなくてもかまわないが、残念ながら、きみは彼と話をしなければならないようだ。ほら、こっちに向かってくる」

髪をポマードできれいになでつけたフレッド・ウェンドランドが、ずかずかと二人のもとにやって来た。ふくれっ面をして、いかにも不満そうな表情を浮かべている。

「リンダ、ここに来ればきみに会えるんじゃないかと思って」

「あら、そう」リンダは冷ややかな声で応じた。

ウェンドランドは椅子を引いた。「同席してもいいかな?」

「いや」ジョニーが答えた。

ウェンドランドはここまでジョニーのほうを見ようともしなかった。ジョニーの言葉が聞こえていたとしても、なんの反応も示さなかった。そして椅子に腰を下ろした。「家に電話をしたら、執事がきみはお父さんと街へ出かけたと教えてくれてね。明日の夜なんだが、フラタニティが新しくできた会館の新築パーティーにアラムナイを招くというので、ぼくとしては――」

「あんたはどっちのチームが贔屓《ひいき》なんですか?」ジョニーが尋ねた。「フラタニティー? それともアラムナイ?」

ウェンドランドはゆっくりと向きを変え、ジョニーを見ると、その顔をしげしげと眺めた。「やあ、どうも、フランチャーだね?」

「フレッチャーです」

「ああ、そうだった、フレッチャー。皮なめし所のね」

「革工場ですよ。まあ、あんたにはとても勤まるまいが」

「言っている意味がわからないが」

「たとえばね、あんたは卒業したらどんな仕事に就くつもりです?」

「やめて、ジョニー」リンダが言った。「フレッドは卒業して十年近くになるのよ」

「でも彼はたった今、友愛会館《フラタニティー・ハウス》がどうとかって……」

「彼は卒業生《アラムナイ》なの、よくわかってるくせに。とにかく、もう少し穏やかに食事しましょうよ。お腹がすいたわ」

「おれの分を注文しておいてくれないか」ジョニーは言った。「黒いシボレーの男とちょっと話をしてきたいんでね」

「ここに来ているの？」

「入口のすぐそばの小さなテーブルにいる」

ジョニーは席を立った。そして〈フラタリング・ダック〉まで彼らをつけてきた男のテーブルに行き、真向かいの椅子を引いた。男はぱっとしない風采で、年齢は定かでないが、三十代後半のように見えた。

「ミスター・スミスですね」ジョニーは言った。

「なんですって？」

「アイオワ州キーオカックのジョン・スミスさんではありませんか？」

男は首を振った。「人違いです」

「そんなはずはないんだがな」ジョニーは軽い口調で言った。「ええと、あなたの車は黒のシボレー、クーペ型、ナンバーは七S五七―〇八ですよね……。わたしの名はジョニー・フレッチャー。タウナー皮革会社《レザー・カンパニー》の者です。一緒にいた若いご婦人は社長令嬢のリンダさん。わたしたちのテーブルに押しかけてきた、てかてか頭の男は彼女の婚約者のフレディー・ウェンドランド。ご質問は？」

「申し訳ないが」地味な男は言った。「なんの話だか、さっぱり。わたしはただ、昼食をとりにここに立ち寄っただけで……」

「誰の差し金でおれを尾行していたんだ？」

「尾行?　そんなつもりは——」

「おれの言っている意味がわからないとおっしゃる。アル・パイパーの名前も聞いたことがないか?」

「その名前の男なら、確か、昨日殺されたのでは?」

「ご名答!」ジョニーは叫んだ。「正解者には賞金とミンクのコート、土地及び家具付き住宅に、電気冷蔵庫、加えて〈ロイヤル・スヌース〉のかぎ煙草十年分を差し上げます。さて、さらなる賞金のために最終問題に進まれますか?」

「よくもまあ、そう口が回るものだ」男は言った。「それに見たところ、最近、誰かに殴られたようだが……」

「昨晩、ミルトン近くのオークでね。ひょっとして見てたとか?」

「いや、しかし、もしあんたが二回戦を演じるつもりなら知らせてくれ。必ず駆けつけるから」

「ふふん、そりゃそうだろうさ。それがあんたの仕事だろう?　おれのあとを追いかけ回すのが」

「口の減らない男だ」

「お互いさま」

男は手を振ってウェイターを呼び、注文した。「ベーコンとトマトのサンドイッチをトーストで。マヨネーズはたっぷり……」

「マヨネーズとはね」ジョニーはうんざりした口調で言うと、立ち上がって自分のテーブルへ戻った。

ジョニーが席に着くと、リンダがテーブル越しに熱心に身を乗り出してきた。「何かわかった?」

「ああ、やつはおれが考えていたほど利口じゃないってことがね」ジョニーはむっつりと答えた。そしてポケットを探り、百ドル札四枚と五十ドル札二枚を取り出した。五十ドル札を一枚めくると、そばを歩いていたウェイターを目で呼んだ。

「これを両替してもらいたいんだが。そうだな、十ドル札四枚と五ドル札二枚に」

「かしこまりました！」

「ああ——ところで、ここのドアマンが少し前に黒のクーペ型シボレーを預かったと思うんだが。ナンバーは七S五七—〇八。持ち主の名前と住所を調べてもらえるだろうか？」

「はい、きっとわかると思います」ウェイターはそう答えると、五十ドル紙幣を手にすばやく立ち去った。

ジョニーはほがらかにリンダを見た。「さて、どこまで話していたんだっけ？」

「あなたとフレディーでお互いに侮辱しあっていたのだけど」リンダは言った。「とりあえず休戦にして、あなたが探偵の真似事をするのを聞いていたところよ」

「わかった。有能な探偵が第一にすべきことは、その犯罪に関連したすべての人物のアリバイを調べることだ。きみから始めよう、リンダ。昨日の朝、どこにいた？」

リンダは笑いだしたが、ジョニーが真剣な表情で自分を見ているのに気づき、真顔になった。「ねえ、まさか、このわたしが事件と関係があると思っているのじゃないでしょうね」

「あれはきみのお父さんの工場だ」

「ということは、父のことも疑っているの？」

「工場に関連したすべての人物が容疑者だ。それが五百人いようがね。おれが疑わないのはひとりだけ——おれ自身だ」

「でも、あの警官はあなたをひどく疑っているわ」

「確かに。だが、おれは自分がやらなかったことを知っている。だからおれ自身は除外できる」

「それなら、わたしのことも除外できるわ。昨日は工場にはいっさい近づいていないもの」

「わかった！」ジョニーはウェンドランドに視線を移した。「で、あんたは？」

ウェンドランドはたじろいだ。「正気か、きみは。あの――あの殺された男は、ありふれた労働者じゃないか」

「だから？」

「あいにく、ぼくはそうした階級の連中とは付き合いがないんでね」

ウェンドランドを見つめるジョニーの目に怒りの色が浮かんだ。「それはいい考えだ。労働者と付き合ったりしたら、連中の習慣が身についちまうかもしれないからな、自ら働きに出るとか」

「彼が言っているのはね、フレディー」リンダが口をはさんだ。「あなたが尊大でもったいぶった人だってこと。あるいはもっと簡潔に言うと、鼻持ちならない俗物ってとこかしら」

「きみはまさにおれの言いたいことを代弁してくれたよ」ジョニーは言った。

フレッド・ウェンドランドは椅子を引いて立ち上がった。「いいだろう、リンダ。もしきみが彼の側につくなら……」

「もう、お行きなさい、フレディー」

「今夜、電話するよ」

「そうして。多分、帰っているから」

ウェンドランドはリンダに会釈すると、ジョニーに冷ややかな視線を向けて立ち去った。

「どうやら」ジョニーは言った。「おれはフレディーに嫌われているみたいだな」

ウェイターがテーブルに近づいてきた。「両替のお金です、お客さま」彼はいやに愛想よく言って、十ドル札四枚と五ドル札二枚を一枚一枚数え上げた。「車の所有者証は車内になかったのですが、マネージャーのオフィスに、州内のすべての車の所有者のお名前と住所の載った名簿がございまして
——」

「それで？」

「黒のシボレー、ナンバー七S五七—〇八は、ウィギンズ探偵社の名義で登録されていました……」

「こいつは驚いた」ジョニーは叫んだ。

ウェイターは控えめに咳払いをした。「両替のお金です、お客さま。十ドル札が四枚と、それから五十ドル札が二枚……」

「ああ、どうも。ご苦労さん」ジョニーは紙幣を受け取り、ぱらぱらとめくってから、ポケットにしまった。ウェイターは舌打ちをして立ち去った。

「あいつ、おれのスープに親指を突っ込む気だな」ジョニーは言った。「念のため、スープは飛ばすことにしよう……ウィギンズ探偵社か。探偵なんて、いったい誰が雇ったんだろう」

「あの男に訊いてみればいいじゃない？」

「リンダ。きみこそ探偵になるべきだな。ちょっと失礼」

ジョニーは席を立った。冴えない風貌の私立探偵は、ジョニーが近づいたとき、ちょうどベーコンとトマトのサンドイッチにかぶりつこうとしていた。その姿勢のまま、彼は動きをとめた。

「ウィギンズ社に金を払っておれを尾行させたのは誰だ？」ジョニーは詰め寄った。

私立探偵の指の間からマヨネーズが垂れた。彼はしばらくしてそれに気づき、サンドイッチを口から離した。そしてナプキンをつまみ、指のマヨネーズを拭った。

「あいにくだが、ウィギンズ社なんて聞いたこともないね」

「あんたの車がウィギンズ社名義で登録されている」

「どうしてそれを……」探偵はそこで口をつぐみ、ジョニーをにらみつけた。「あっちへ行ってくれないか、きみはわたしのランチを台無しにしている」

「いい気味だ。マヨネーズなんて食うやつにろくなのはいないからな」ジョニーは肩をすくめ、自分のテーブルに戻った。料理を運んできたウェイターが若干苛立たしげに皿を並べている。

「やつは白状しないんだ」ジョニーは言った。「でも、気を揉ませてやった」

「あなたは気が揉めないの？」

「どうしておれが？」

「だって、どう考えても、誰かがあなたを疑っているからこそ、お金を払ってまで私立探偵にあなたを尾行させているわけでしょ」

「そこだよ」ジョニーは言った。「尾行されているのがおれとは限らない」

リンダははっとした。「つまり――わたしを？」

「最近、お行儀よくしてたかい？」

リンダは思案顔でジョニーを見た。「あながち冗談ってわけじゃなさそうね。あなたはわたしを――」

「違うね」

「いいえ、そうよ！」

ジョニーは軽くため息をついた。「この段階では誰もが容疑者なんだ。きみは昨日は工場にいなかったと言うが、工場の持ち主はきみのお父さんで、兄さんはそこで働いている。そして、きみも何度となく出入りしているだろう。きみは工場で働く連中を知っているかもしれないし、あるいは知らないかもしれない。仮にきみが知らないとしても、あの五百人余りの労働者のうち、男女を問わず、ひとりとしてきみのことを知らない者はいない。昔からある工場なんだ。おれはあの工場で三十九年間働いてきた社員を二人知っている。彼らはきみの誕生日を知っている。きみは彼らと口をきいたことすらないかもしれないが、彼らはきみについてあらゆることを知って……」

「だからといって、それがなぜ、わたしがむごい人殺しに関わりがあるという話になるの？」

「きみは自分の父親が公爵《デューク》と呼ばれていることを知っているね？」

リンダはうなずいた。「ええ、新聞ではいつも父はレザー・デュークと書かれているわ」

「それに、工場の従業員が彼の話をするときもデュークと呼んでいる。きみを呼ぶときは〝デュークのお嬢さん〟だ。タウナー皮革会社《レザー・カンパニー》というのは都市の中のひとつの島、独立したひとつの国なんだ。労働者はそこの市民だ。彼らの中には支配者を愛する者もいれば、憎む者もいる。だが、全員が彼らを恐れている……」

「なぜわたしたちを恐れるの？」

「誰もが自分の雇い主を恐れるものさ。どんな従業員でもクビになって安定した生活を失う可能性はある。支配者の一員に対する賛辞、あるいは悪口雑言が、別の従業員の怒りを買う場合もある。憎しみの度合いは諍いの理由からは計れない。あとはもう、一触即発ってやつで……」ジョニーは肩をすくめた。

「ずいぶん回りくどい言い方をするのね」リンダが真顔で言った。

「殺しの理由ってのはたいていが回りくどいもんさ。たとえば、アル・パイパー。おれが聞いた限りでは、彼はいたってまともな、妻と三人の子持ちだった。タウナーの工場に長年雇われていることからわかるように、しごく勤勉な労働者だ。ただ彼にはひとつだけ悪癖があった。周期性アルコール症だったんだ。年に二回、浴びるほど酒を飲んで……」

「でも、彼がその飲酒期間に何をしていたかなんてわからないでしょう？　二、三日前に復帰したばかりだと聞いたけど」

「そうだ。だが、ここで注意したいのは、パイパーが殺されたのはその飲酒期間ではないという事実だ。殺されたのは、素面《しらふ》に戻り、仕事に復帰した直後だ。つまり、彼の死は工場内で起きた何事かが原因だと考えられる。となると、怪しいのはタウナーで働く男――あるいは女だ」

「五百人もいるうちのね」

「おれの仕事は、その連中をひたすら絞り込んで、最後のひとりを見つけ出すことだ――殺人者を」

第十三章

ウィギンズ探偵社の男はジョニーとリンダ・タウナーのあとをつけて革工場に戻ってきた。

「さあ」ジョニーは言った。「やつがつけているのがぼくか、それともきみなのか、確かめてみよう。ぼくは工場に入るから、きみはこのまま車を運転していってくれ」

「父に会いたかったのだけど」

「どうせお父さんはまだ重役会議から戻ってないよ。それに、ぼくはひと仕事しなきゃならない」

リンダはためらっていたが、やがてうなずいた。「わかったわ、あとで会いましょう」

リンダを車に残し、ジョニーは工場に入っていった。彼はドアの内側で立ち止まり、ガラス越しに外を覗いた。リンダはコンバーチブル型のキャデラックを発進させて走り去った。

黒いシボレーの男は相変わらず運転席にふんぞりかえっている。ジョニーは思案げにうなずいた。

「なるほど、これではっきりした。やつが見張っているのはこのおれか」

ジョニーはオフィス階に上がっていったが、よく考えるとナンシー・ミラーの前を素通りしたような気がした。彼女はジョニーに話しかけようとして、やめたのだった。ジョニーはエレベーターを呼び、それからナンシーを見た。

ジョニーは急いでナンシーのもとへ引き返した。「今夜の八時だからな」

「八時がどうしたの？」

「その時刻に迎えにいく。おっと、まだきみの住所を聞いていなかった」

「わたしが教えると思ってるの？」ナンシー・ミラーは冷ややかに答えた。

「そうさ、きみはぼくが工員でなければデートに付き合うと言ったが、ぼくはもう自分の手を使って働く必要はなくなったんだ」

「だったら、どうして上の階に行くの？」

「その件については今夜話すよ。エレベーターが来た。きみの住所を……」

ナンシーは一瞬ためらったものの、不意にほほえんだ。「アーミテージ六三五番地よ」

「じゃあ、八時に――おめかししといてくれよ！」

ジョニーはエレベーターに乗り込み、月型芯の階《フロア》で降りた。仕分け部門に足を向ける。時刻は二時十分だった。

ハル・ジョンソンは帳簿机に寄りかかっていた。彼は時計を見上げ、それからジョニーを見た。

「やあ、ハル」ジョニーは陽気に挨拶した。

「ミスター・タウナーと昼食に出かけたんだって？」ジョンソンは皮肉っぽく尋ねた。

「いや、彼の娘とですよ」

ジョンソンは目を剝いた。「なるほど。一介の職工長など蚊帳の外というわけか。わたしは昨日、きみを月型芯の仕分け係として雇った。そのきみが今日はボスのオフィスに呼び出され、彼の娘と昼食をともにしている」

「ジョン・B・クロフトの注文書はもうオフィスから届きましたかね？」

「なんだ、クロフトの注文というのは」

「昼前におれが取ってきた注文のことですよ。二十樽分」

「きみがクロフト製靴会社から月型芯の注文を取ってきたというのか？」

「ええ。ミスター・タウナーが、おれが優秀なセールスマンか知りたいということだったんで」ジョニーは肩をすくめた。「それでひとっ走りして注文を取ってきたんです」

ジョンソンはうなった。「驚いたな、まったく」

ジョニーは職工長のほうに身を乗り出した。「ハリーはおれに販売部長の職を薦めてくれたんです」

「そんなばかな！」ジョンソンは叫んだ。

「ご心配なく、ハル」ジョニーはさらりと言った。「断りましたから」

ジョンソンは一瞬、ジョニーの顔を見て、ごくりと唾を飲んだ。

「ちょっと待ってろ」

ジョンソンはジョニーを仕分け台の端に残し、自分の作業台で働いているエリオット・タウナーのところへずかずかと歩いていった。ジョンソンはエリオットに何か尋ねていた。ジョニーにはエリオットの返事は聞こえなかったが、ジョンソンがまるで見えない拳で殴られたかのようによろけるのは見えた。エリオットはなおも話を続け、ジョンソンは真剣に耳を傾けていた。それからジョンソンは頭を下げ、ジョニーのほうに戻ってきた。

職工長が近づいてくるにつれ、その顔いっぱいに汗が浮かんでいるのがわかった。「わたしは五十二歳になる」ジョンソンはそばまで来ると言った。「十三歳からずっとこの工場で働いてきた——三十九年間だ。大勢の人間がここへやって来ては去るのを見てきた。数千人の人間を雇い、二、三百人をクビにしてきた。しかし誓って言うが、きみのような男は初めてだ……」ジョンソンはそこで咳払いをした。「そして、きみを雇ったのはこのわたしだ」

「そいつはどうだか」ジョニーは言った。「あんたが最初に選んだのはサム・クラッグでしょうが。ところで、サムはどこにいるんです？」

「樽を積み上げている。ジョー・ジェネラの手助けなしに――それにリフトもなしに。おい、彼をあの仕事から引き抜くつもりだなんて言わないでくれよ」

「このおれにそんなことができるわけないでしょう」ジョニーはとぼけて言った。「職工長はあんたなんだから」

「わたしが？」

「もちろん」

「きみが取って代わるのだとばかり思っていた！」

「おれが？　どうしてまたそんなことを思いついたんです？」

「エリオットの話では、きみは――」

「しっ。おれはこの工場内を密かに探るつもりなんです。それだけですよ。ちょっとした秘密調査ってやつです、アル・パイパーを殺した男をあぶり出すまでの。でも、おれのことはいっさい放っといてください。作業の邪魔をするつもりはないので」

「作業はきみの邪魔になるのか？」

ジョニーはくすくすと笑った。「いや、おれが関わらないですむ限りは」

作業台では、八人の工員たちが月型芯を仕分けるふりをしながら、ジョニーと職工長に熱い視線を注いでいた。

　ジョニーがジョンソンの肩を気安く叩くと、作業台からは少なくとも六つの息をのむ気配がした。彼は職工長を帳簿机に残し、樽の間の通路に向かった。そしてその奥の洗面台まで行き、立ち止まって耳をすました。すると樽をコンクリートの上にドシンと置く音が聞こえてきた。左手に向かうと、月型芯の樽を頭上に持ち上げているサムの姿が見えた。

「ジョニー！」サムは歓声を上げた。「おまえに見捨てられたんじゃないかと思ってたとこだよ……」

　サムは三段に積み重ねた樽の上に四個目の樽をそっと置くと、うれしそうにジョニーのほうを向いた。「おれにことづけてくれたあの二ドルはどこで手に入れたんだ？　たらふく昼飯を食って、九十セントも余ってる」

「おれもだよ」ジョニーは言った。「おれは四百ドルと九十セントだがな」彼はポケットから札束を取り出し、サムに見せた。

　サムは息をのんだ。「ジョニー、まさか、そいつは盗んだ金じゃ……」

「なあ、サム、おれがそんなことするわけないって、よくわかってるだろう。この金はミスター・タウナーがくれたんだ――前金として」

「うまいこと言って彼から巻き上げたのか？」サムはしぶい顔をした。「おれたちがそれだけ稼ぐには一年はかかるぞ、ジョニー」サムの声は怒りでうわずっていた。「ここでそんなに長く働かせようっていうのか？」

「安心しろよ、サム。おれたちはまた金持ちになったんだ」

「じゃあ、ここを辞めるんだな？」

「いや、正確にはそうじゃない」ジョニーは空咳をした。「ミスター・タウナーに売り込んで、アル・パイパー殺しの犯人を見つけることになったんだ」

「嘘だ、ジョニー。そんなこと！」

「ところがそうなんだよ」

「でも、おまえは約束したじゃないか、もう探偵の真似事はしないって」

「そんな約束はしてないぞ、サム。実際、おれたちはもうこの仕事に足を突っ込んでるんだ。今まではタダでやってたってだけだ。それをこれからは金をもらってやるんだ」

「だけど、ジョニー、あのおまわりは今朝もまたここに来たんだぞ。やつはありとあらゆることを嗅ぎ回っていた。おまえのことや――それからおれのことも」

「わかってるさ。やつは昼前にもおれに一戦仕掛けてきた。結局、返り討ちにしてやったがな」

「そりゃそうだろうとも、ジョニー。でも忘れないでくれ。連中の本部には恐ろしい部屋があって、そこに連れ込まれたら最後、でっかい白い光を当てられて、次から次と尋問責めにあうんだ。いろんな拷問道具を使ってな。そんなことになったらまずいだろう？」

「間違ってもそんなことにはならないよ、サム。今現在、おれはリンドストローム警部補をはるかに出し抜いている。やつがぐずぐずしている間に、おれが犯人をひっつかまえてやるさ」

「今すぐにか？」

「いや、違う。そいつが誰かはまだわからないんだから」

「何か名案はあるのか？」

「まあな。そうだ、おまえが死体を見つけたのは隣の通路だったな。ちょっと見にいこう」

「どうしてもか?」

「おいおい、サム。あの男は死んじまったんだ。死体は昨日の朝のうちに片付けられてるよ」

サムは顔をしかめたが、仕方なくジョニーについて隣の通路に向かった。

「さ、科学的にいこうぜ」ジョニーは言った。「樽の山が両側に十山ずつ並んでて——」

「左側は九山だ」サムが言った。「そこのあいてる場所が、ええと、アル・パイパーの……」

「そうだったな」

ジョニーは通路に足を踏み入れた。「樽の山が四山、それからこの空間、そのあとまた五山か——」

「ううむ」ジョニーはパイパーの死体が発見された空間を通り過ぎ、通路のもう一方の端まで歩いていった。

月型芯の仕分け部門では、すべての作業台に沿って棚が設置されている。満杯になった樽が棚の上下に積まれ、ジョニーたちがいる場所からの視界を遮断していた。しかし身を屈めると、棚の下や床に置かれた樽の隙間から、仕分け部門を覗き見ることができた。

ジョニーは棚の隙間に目を当てた。目に映った背中は、一番近い場所にいた仕分け係——エリオット・タウナーのものだった。レザー・デュークの息子の背中を長い間考え込むように眺めたあと、ジョニーは視線を隣の作業台に移した。そこはサム・クラッグの場所なので、今は誰もいなかった。その左側で作業しているのがジョー・ジェネラで、彼の左にはジョニーの知らない男が二人いた。さらにその先にいるのが競馬狂のクリフ・ゴフだ。それからジョニーの作業台があり、最後がアクセル・スウェンセン老人の作業台で、その隣はジョンソンのデスクだった。

ジョニーが見ていると、副職工長のカール・ケスラーが仕分け部門に入ってきた。彼はスウェンセンにひと言ふた言話しかけると、ジョニーの作業台で立ち止まり、ジョニーがその朝積んだ月型芯の束をぼんやりと仕分け直し始めた。

サムがジョニーの背後に近づいて、腰を屈めた。「何を見てるんだ、ジョニー?」彼はささやいた。

「男たちの仕事風景さ」ジョニーは答えた。

「おい」サムは不意に低く叫んだ。「多分、殺人犯は昨日の朝、おれたちが働いているとこを見てたんだ」彼は身震いした。「なんだか気味が悪いぜ」

「おれが理解できないのは」ジョニーは言った。「そもそも、なぜアル・パイパーがこの場所に戻ってきたのかってことだ。彼は革漉き機を操作していたが、そいつが置いてあるのはメインルームじゃないか」

「誰かに会いにきたのかもしれない。いや、つまり、誰だか知らないが、彼を殺したやつに」

「となると、パイパーはその男を知っていたってことになる」

「まあ、そうだ」

「しかし、なぜもっとおおっぴらに話ができなかったんだ?」

「それはジョニー、おれに訊いてるのか、それとも自分自身にか?」

「おれ自身にだろうな」

ジョニーはため息をつき、立ち上がって背筋を伸ばした。「昨日、おまえがここに来てジョーが樽を積むのを手伝い始めたのは何時だ?」

「時計を見たわけじゃないからな、ジョニー。でも、ここで働き始めてから三十分後ぐらいだと思う」

「だったら十時頃だな。そしておまえが死体を発見したのが約一時間後だ。だが、その時点でやつは死後一、二時間だったんだ。言い換えれば、九時には殺されていた可能性が……」

「その時間はおれたちまだここで働いてもいなかったぞ」

「それはどうでもいいんだ、サム。やつを殺したのはおれたちじゃない、それはおれたちがよくわかっているんだから」

「そのとおりだ」サムはうなずいた。「おれたちにはよくわかっている」

「そしてもうひとり、やったのはおれたちじゃないことを知っている人間がいる――殺人犯だ」

　サムは不安げに周囲を見回した。「あのな、ジョニー。おれはもうここで働くのはいやだよ。ずっと誰かに見張られている気がするんだ。あちこちに暗くて隠れるのに絶好の場所があるからな。いつナイフを投げつけられるかわからない」

　ジョニーが指を鳴らした。「サム、お手柄だ！」

「お手柄って、何が？」

「最初の手掛かりをくれた。ナイフだよ」

「でもおまわりは、あれはおまえのナイフだと言ってたじゃないか！」

「このおれは、おれのナイフじゃないと知っている。思い返してみろよ、サム――おまえがアル・パイパーを見つけて、おれたち全員でこの辺りを嗅ぎ回ったとき、ナイフなんて影も形もなかった。あとになってリンドストロームがここでおれのナイフを発見するまではな。誰かがわざと置いたんだ。それでも、パイパーがナイフで殺された事実に変わりはない」

「ああ、確かに。しかし、殺しを犯したやつはそのナイフをここに置きっ放しにしていきたくなかった。そこから足がつくかもしれないからだ」

「そのとおりだ、サム――ある程度までは。この辺りにはナイフが山ほどある。仕分け係はそれぞれ一本ずつ持っているからな。しかし、もしそれがどこかの作業台から盗まれたりしたら、たちまち気づかれてしまうだろう。連中は革の形を整えるために始終ナイフを使っているからだ。同じ理由で、仕分け係が――そのうちのひとりが殺人犯だとしての話だが――事を起こすのに自分のナイフを使うとは思えない。誰にも目撃されずに徹底的にナイフを洗う時間などないと考えるはずだ。革裁ち包丁《レザーナイフ》は長さ八インチ、刃先は剃刀のように鋭くて長い。折りたためないから、ポケットに入れて持ち歩くのは不可能だ」ジョニーは深々と息を吸った。「ようするに、おれの見たところ、殺人犯は端《はな》っから革裁ち包丁《レザーナイフ》なんて使っちゃいない。使ったのは折りたたみ式のポケットナイフで、やつはそれを洗わずにポケットに入れたんだ。ところがあとから心配になってきた。捜索が行われて自分の服についた血が見つかるのを恐れ、だから作業台からナイフを盗み、ここに放り捨てたんだ」

「それでたまたま選んだのがおまえのナイフだったってわけか」

「そうかもしれないし、そうじゃないかもしれない。おれはこの工場では新参だ。ここの連中が誰も知らない人間の経歴を追って、警察はかなり無駄な時間を費やすことになる」

「おまわりどもはおれたちについてたいした発見はできなかったはずだぜ。いつもどおり、のらりくらりとはぐらかしてやったからな」サムは言った。「もちろん、連中におれたちの指紋をとられたら……」

「指紋と言えば、リンドストローム警部補はここに置かれてたおれのナイフをよく調べたのかな。まあ、その答えは絶対わからないだろう。リンドストロームが教えてくれるとはとても思えないからな。

どんな真相であろうと、自分たちの手で明らかにしないと。しかも、さっそく取りかかったほうがよさそうだ」

「どうやって?」

「おまえは自分の作業台に戻って話をしていろ――手当たり次第に誰かと喋るんだ。もし相手が腹を立てたら、かえって好都合だ。人間ってのは腹を立てると口をすべらせるもんだからな。殺しの件について話すんだ」

「作業のほうはどうする?」

「仕事は続けろ。少なくとも、目くらましになる程度には」

第十四章

ジョニーとサムは通路を出て、月型芯の仕分け部門に抜ける別の通路に足を向けた。そこでちょうど歩いてきたカール・ケスラーに出くわした。

「おい」ケスラーは叫んだ。「この工場できみたちほどのさぼり魔はいないぞ」彼はサムに向かってあごをしゃくった。「樽は積み終えたのか?」

「いいや」サムは答えた。

「だったら、すぐ続きにかかれ」

「サムはしばらく月型芯の仕分けをすることになったんですよ」ジョニーがのんびりと言った。「もう樽を持ち上げるのには飽きちまったってわけです」

「飽きようが飽きまいが、樽はきっちり積み上げねばならんのだ。作業に戻れ。リフトを使うといい。ジョーも手を貸すだろうし」

「やらなきゃいけないかな?」サムはジョニーを見ながらためらいがちに尋ねた。

「いや、いい」ジョニーは言った。「月型芯の仕分けに行け」

ケスラーの声が高くなった。「誰がきみをここのボスにしたんだ、フレッチャー?」

「ジョンソンに訊いてみたらどうです?」

「そうしよう。きみは午前中ずっと、ハリー・タウナーのオフィスにいたそうだが」

「午前中ずっとではありませんよ、カール」

ケスラーは疑り深い目つきでジョニーを見ると、それ以上は何も言わずに立ち去った。ハル・ジョンソンのところへ行ったのは間違いない。

ジョニーがサムにうなずきかけると、サムは自分の作業台に向かった。ジョニーはゆったりとした足取りで自分の作業台に戻った。そしてアクセル・スウェンセン老人に視線を向けた。元船乗りは作業に集中するあまり必死の形相になっていた。ジョニーの右側では、クリフ・ゴフが気怠そうに月型芯を取り上げては手で確認し、束ねていた。うつむいて仕事に取り組んでいるが、その目はいかにもどんよりしている。

ゴフの心は何マイルも彼方の競馬場、ベルモントやアーリントン・パーク辺りをさまよい、そこで大穴を当てているのだ。

ジョニーは静かに声をかけた。「今日のお奨めはどいつだい?」

「第六レースはハネムーンで決まりだろう」クリフ・ゴフは答えた。それから目をぱちくりさせてジョニーを見た。「新入りか?」

「ほやほやだ」ジョニーは答えた。「昨日の朝、働き始めたばかりでね」

「ああ、そうだった。あんたの顔には見覚えがある」

「あんたもここじゃ新しいほうなんだろう?」

「おれか?　おれはここに来て九年になる。九年のはずだが。もしかしたら十年かもしれない」

「あんた、そういうちょっとした細かいことを思い出すのに苦労するようだな」

「おれは朝、ここに来る途中に競馬新聞を買ってくる」クリフ・ゴフは言った。「通勤時間は市電で十七分。その間に二レース、ときには三レース分のすべての出走馬の体重、枠番、騎手を覚えなきゃならないんだ」

「そいつはさぞかし記憶力が必要なことだろうな」

ゴフはいかにもという調子でうなずいた。「そうだとも。そのあと月型芯を仕分けながら、すべてのレースの勝ち目を予想して、十二時までに東部の馬、一時までに西部の馬に賭ける必要がある」

「となると、一時まではそっちにかかりきりだな。午後はどんなことを考えているんだ?」

「前の日のレースのことさ。馬たちがどんなふうに走ったか、どうしてそう走ったのか。タイムや集中力はどうだったか」

「それだけ根を詰めて考えてれば、全部のレースに勝てるんじゃないか?」

「馬は正直だが、持ち主のほうはそうはいかない。ある馬が良馬場で六ハロンを一分十一秒で走ったとする。すこぶるいいタイムだ。しかしそんな馬をレースに出せば、オッズは一対一しかつかない。そこで調教がてら走らせて、一分十三秒——六着でゴールさせる。翌週のオッズは二対一で、結果は八着。さらにもう三、四レース負ければ、十二対一になる。そいつはまあまあの儲けになるから、次回は馬主も本気で走らせるかもしれない。あるいは大儲けを狙って、四十対一になるまで抑えておくか。ようするに、馬主の立場になって、もし自分ならどうするだろうと考えなきゃならないんだ」

「おれならどうするべきかよくわかっている」ジョニーは言った。「競馬からきっぱり足を洗って、クロスワード・パズルに励むのさ」

「おれはやめられないな」ゴフは言った。「すっかり深みに嵌っちまった」

ジョニーは首を振って、アクセル・スウェンセンのほうへ向きを変えた。「やあ、スウェンセン船長」彼は陽気に声をかけた。「今日の調子はどうだい?」

「わしは自分の仕事に満足しておる」スウェンセンはジョニーに目もくれずに言った。「わしには金が必要なんだ」

「おれたちみんな、そうじゃないのか?」

「わしに言いたくないことを言わせようとしても無駄だ」スウェンセンは攻撃的な口調で続けた。「わしは脇目もふらずに一生懸命働いとる、誰にも迷惑をかけずに」

「そいつはよくわかってるさ」ジョニーは言った。「だが、他人に迷惑をかけようがかけまいが、あんたにはものを見る目と聞く耳がある。昨日、誰かがこの作業台からナイフを盗んでいったんだ」

「知らん」スウェンセンは吐き捨てるように言った。「わしは誰かがナイフを持っていくところなんぞ見なかった。わしは老人だ。新しい職は見つからないんだ」

「わかったよ」ジョニーは降参した。「今日はここまでにしよう」

ジョニーは作業台を指でコツコツと叩いていたが、そのうちくるりと振り返り、仕分け台の反対の端に向かった。そこではサム・クラッグがエリオット・タウナーと舌戦を繰り広げていた。ジョニーが近づいたとき、サムはこう言っていた。

「好きなだけほざくがいいさ。だがな、最後に犯人を捕まえるのはジョニーだからな。今に見てろよ」

「ありがとよ、サム」ジョニーは言った。次はエリオットに、「サムの言うとおりだ。犯人はおれが捕まえる」

「で、捕まえてどうするつもりだ？」エリオットが皮肉っぽく尋ねた。「死刑でも宣告するのか？」

ジョニーはくすりと笑った。「実はな、エリオット。どういうわけか、おれはあんたに嫌われている気がするんだが」

「きみのほうから持ち出したから言うんだがな、フレッチャー――そのとおりだ。きみは、はったり屋のほら吹きだ。うまいこと父を丸め込んだようだが、あれは昔からの父の弱点なんだ。風変わりな性格の人間に弱いのさ。かもにされやすい」

「おやじさんはうまくやってるよ、弱点のある人間にしてはね。ところで、あんたはどうなんだ？」

「心配には及ばない」エリオットはにべもなく言った。

「それを聞いて安心した。ものは相談だが、おれたちに〈レイクサイド・アスレティック・クラブ〉のゲストカードを用意してくれないか？」

エリオット・タウナーは唖然とした表情でジョニーを見つめた。「とうとう完全に頭がいかれたのか？」

「そうじゃないさ。あのクラブが気に入ったんでね。一日の重労働のあとのサウナとマッサージ、ふかふかのベッドほどいいものはないからな。昨夜はホルステッド通りの安宿に泊まらなきゃならなくて……」

「父からせしめた金があるだろう、ホテルに泊まればいいじゃないか」

「それより〈レイクサイド〉に泊まりたいのさ――少なくとも、この一件が解決するまでは」

エリオットはためらった。「もしぼくが断っても、どうせ父にせがみにいくんだろう？」

「ああ」

「今夜のうちにクラブで受け取れるようにしておく」

「ありがとう、エリオット。ご協力に感謝する。さて、あと少しだけ頼まれてほしいんだが」

「頼みなら、もうじゅうぶん聞いてやっただろう」

「これはビジネスでね。あんたはアル・パイパーとは顔見知りだったのか？」

「ぼくがここで働き始めたのは月曜日だ。アルが職場に姿を見せたのは昨日の朝の……」

「八時だ。殺されたのは九時以降だが」

エリオットは首を左右に振った。「パイパーが死ぬまで、ぼくは彼の名前さえ知らなかった。噂を聞いたことも姿を見たこともない」

「しかし彼はあんたの真後ろで殺されたんだ、三十フィートと離れていない場所で。何も耳にしなかったのか？」

「何も聞こえなかった。向こうであれだけたくさんの機械が音を立てているんだ、ほとんどの時間、自分の頭で考えていることもわからないさ。あのとき、この後ろでは樽を積み上げていて……」

「おれが積み上げ始めたのは十時からだ」サムが割り込んだ。「おい！」彼はいきなり踵を返し、ジョー・ジェネラのもとへ向かった。「おい、ジョー。おまえさん、昨日、おれが手伝いにいったとき、樽を積み上げていたよな」

ジョー・ジェネラは白い歯を見せてにっと笑った。「積み上げるための樽を用意してたのさ。おれはあんたほど怪力じゃないんでね、リフトを使わなきゃならない。しかもそいつを使ったとしても、樽を積み上げるのは二人がかりだ。ひとりが樽をリフトに乗せて、自分も一緒に乗り込んで上がる。もうひとりがクランクを回すんだ。カーメラが機嫌を損ねて辞めちまったときにやってた仕事がまさにそれさ」

すかさずジョニーがサムの傍らにやって来た。「昨日の朝、カーメラは後ろであんたを手伝っていたのか？」

「ああ、積み上げ作業のあるときは、たいていやつとおれとで組んでたからな」

「昨日の朝、作業を始めたのは八時かい？」

「八時を五分か十分過ぎた頃だ」

「そしてカーメラはクビになるまであんたと働いていたんだな？」

「やつがクビになったと誰が言った？」

「そうじゃないのか？」

「違うね。自分から辞めたんだ。ケスラーが来て、やつに小言を言い始めた。そしたらカーメラは不機嫌になって、そのまま辞めちまったんだ」

「ケスラーはどんな件で文句を言ってたんだ？」

「まあ、カーメラは世界一、仕事の早い男とは言えないからな」

「それなりの賃金にはそれなりの労働で」サムが引用した。

「そうとも、それがやつの口癖だった」

「これは昨日、あんたがおれに言ったんだぞ」

「おれはカーメラを真似たのさ。やつは決して疲れるような働き方をしなかった。一日千二百から千三百組の月型芯を数える。午前中いっぱい使って十二個の樽を積み上げる」

「あんたに手伝わせてな」ジョニーがそれとなく言った。

ジョーは肩をすくめた。「樽を積み上げるには二人必要だ。おれはやつがクランクを回すのを待たなきゃならなかった」

ジョニーはうなずいた。「昨日、あんたが、あるいはカーメラと一緒に樽を積み上げていたとき、アル・パイパーはひょっこり姿を現したりしたかい？」

「いや」ジョーは即座に否定した。

「カーメラが辞めたのは何時頃だった？」

「一緒に作業を始めて三十分かそこらしか経たないうちにケスラーがやって来て、小言を言い始めたんだ。数分は言い争ってたな。そのうちカーメラが何やら悪態をついて……九時十五分前だったか、まあ、そんなところだ」

「カーメラが辞めて出ていったあと、あんたはそのまま樽のところにいたのか？」

「いや、こっちに来てた、十分か十五分間だけだが。そのあとケスラーに、戻って樽を積む準備をしろ、少ししたら誰か別のやつを助っ人に寄こすからと言われたんだ」ジョーはサムに向かってうなずいた。「おれが戻っていくらもしないうちにあんたが来た」

「ということは」ジョニーが思案顔で言った。「あんたは殺しの時刻をごく正確に特定できるってわけだ――カーメラが機嫌を損ねて仕事を辞めた九時十五分前と、樽を積み上げる準備をしにあんたが戻った九時との間に」

「あり得るな」ジョー・ジェネラは言った。

ジョニーはサムと視線を合わせると、少し離れた場所へ連れていった。「サム、おれは一、二時間、留守にしなきゃならない。ひょっとしたらもっと長くなるかもしれない。おまえはここに残って、聞き込みを続けてくれ」

「五時までには戻ってくるんだろう?」

「そうしたいね。しかし、もし足止めを食うようなことがあったら、おまえは〈レイクサイド・アスレティック・クラブ〉へ行け。エリオットがおれたちのゲストカードを用意してくれている。広い豪華な部屋でゆっくり待っていてくれ」

「わかったよ、ジョニー。でも、なるべく五時までにはここに戻ってきてくれよな?」

「ああ」

ジョニーは早足で通路を歩いていったが、ジョンソンのデスクを通り過ぎたところで、くるりと振り返り、さっと電話帳を取り上げた。そして、ある番号を見つけると、うなずいて立ち去った。

階下のオフィスでは、ナンシー・ミラーが驚きの目でジョニーを見た。

「今日の仕事はおしまいなの?」

「いいや、お嬢さん、きみが信じようが信じまいが、おれは目下、仕事中でね。万一、五時前に戻れなくても、八時の約束を忘れないでくれよ」

ジョニーは彼女にウィンクをして、建物を出ていった。

第十五章

通りを渡ると、黒いシボレーに乗ったウィギンズ探偵社の男が目にとまった。ジョニーは男に手を振り、次にララビー通りの方角を指さした。

ララビー通りの角まで来たところで、ジョニーは振り返った。シボレーは少し離れた場所の歩道の脇にのろのろと停まった。

ジョニーがララビー通りを見渡すと、一台のタクシーが近づいてくるのが見えた。彼は通りに足を踏み出し、片手を上げた。タクシーが急停止して、彼は乗り込んだ。

「ランドルフとウェルズの交差点まで」

タクシーは勢いよく発進して、シカゴ通りに向かって走り、東に折れた。ウェルズ通りで右折した直後、運転手がジョニーに話しかけた。

「あたしには関係ないことだが、お客さん、われわれをつけている車があるようですよ。黒のシボレーだが」

「わかってる」ジョニーは言った。「おれのためにタイヤをすり減らしてるやつがいるんだ」

運転手は束の間、ジョニーの言葉の意味を考えていたが、再び口を開いた。「あんまり遠くまでは行けないが、まくことはできますぜ」

「その心配は無用だ」

運転手は肩をすくめ、数分後、ランドルフ通りとウェルズ通りの角で車を停めた。ジョニーは車を降り、運転手に一ドル渡しながら振り返った。黒いシボレーは縁石に寄っているところだった。

ジョニーはにやりとして、ランドルフ通りを横切り、建物の番号を見ながら歩きだした。一ブロックの中程まで来たところで、古ぼけた建物に入っていき、案内板を見て、エレベーターで四階に上がった。

エレベーターを降りると、正面にすりガラスのドアがあり、そこにはこう書かれていた。『ウィギンズ探偵社、入口』

ジョニーは中に入った。狭苦しい待合室があり、角縁眼鏡をかけた白髪の女が使い古しの事務机に座っていた。オフィスのドアがこちらに向かって開いている。

「ミスター・ウィギンズにお会いしたい」ジョニーは言った。

「お約束はおありですか?」

「いや。しかし——実は、よい探偵社を探しているのですが、ここを強く薦められたもので……」

「どなたにでしょう?」

ジョニーは首を振った。「名前は伏せてくれと言われています。もちろん、ミスター・ウィギンズの都合が悪いのなら……」

「お困りの件はどのような内容でしょうか?」

「別に困っているわけではありません。まあ、いいでしょう、次のブロックにもうひとつ、探偵社があったから——」

「少々お待ちください！」

女は立ち上がり、個室のドアを開けて中に入っていった。ドアは閉めていった。ジョニーがデスクに身を乗り出すと、メモ帳が目に入った。一番上に何か書いてある。メモ帳をこちら向きにくるりと回したあと、彼は低く口笛を吹いた。それにはこう書かれていた。〝ベグリーより電話あり。本人は革工場へ入る。女は車で去る。ベグリーは工場の外にて待機〟

ジョニーがメモ帳をもとの位置にはじき飛ばし、身を起こすのと同時に、個室のドアが開き、受付の女が出てきた。彼女の視線はデスクのそばにいたジョニーからメモ帳に移った。

「ミスター・ウィギンズがお会いします」女はもったいぶった声で言った。

ジョニーは個室に入った。桁外れに太った禿げ頭の男が回転椅子を軋らせて振り向いたが、立ち上がろうとはしなかった。

「エド・ウィギンズです」彼はあえぐような声で言った。「お座りください」

ジョニーはまっすぐな背もたれの、壊れかけた椅子に腰を下ろした。

「どうもわたしは勘違いをしたようです」彼は口を開いた。「ここは、その、大きな私立探偵社だという印象を持っていたのですが」

「わたしの大きさでは足りませんか？」ウィギンズが嚙みつくように言った。

「そちらはじゅうぶんです」ジョニーも負けずに言い返した。「しかし、わたしがお願いしたいと思っている仕事には二、三人の探偵が必要なのです。お見受けしたところ、あなたはここをひとりで経営しておられるようですが……」

「わたしは頭脳労働を担当しているのです」ウィギンズは憤慨して言った。「あなたが街じゅうを探しても、わたしが抱えている探偵たちほど優れた人材はいないでしょう」

「その人たちは階下《した》のロビーの電話ボックスを本部にしているのですか？」

ウィギンズは丸々とした拳を振り上げ、破壊しかねない勢いでデスクを叩いた。「あんたがここに来たのは皮肉を言うためですか、それとも探偵を雇うためですか？　わが社は歩合制なんです。わたしが必要とするときに彼らを呼ぶのです。仕事がなければ彼らは家にいます。あなたが必要なのは何人です？」

「三人」

「それなら市内に最適の探偵が三人いますよ。ジョー・カーマイケル、ジム・ホワイト、レス・ベグリーです。尾行ならベグリー、ボディーガードならカーマイケル、ご婦人から話を聞き出すなら若手のホワイト。問題はどんなことでしょう？」

「その三つすべてを少しずつ。ある男について知れる限りのことをすべて知りたいのです――家庭生活、友人、敵、行動、行き先など」

「かなり費用がかかりますよ」

「それなりの結果が出るならけっこうです」

ウィギンズは大儀そうにデスクに身を乗り出し、鉛筆を手にした。「お名前はなんとおっしゃいました？」

「名乗ってません」

ウィギンズはうなった。「なるほど。スミスさんというわけですか。いいでしょう。ではあなたが調査をお望みの相手の名前は？」

「パイパー。アル・パイパー」

ウィギンズは書き留めようとしたが、頭文字も書かないうちに手をとめてジョニーを見上げた。

「なんの冗談です？　パイパーは死んでるじゃないですか」

「どうしてそれをご存じで？」

「新聞に載ってましたよ。ノース・サイドにある革工場で殺されたんです」

ウィギンズのデスクの電話が鳴った。彼はさっと受話器を取った。「ああ、何かね？　わかった、繋いでくれ……。やあ。うん……なんだって？　なるほど……わかった。そのまま待機しろ」ウィギンズは電話を切ると、回転椅子にふんぞり返り、でっぷりした腹の上に分厚い両手を重ねた。

「スミスさんねえ。綴りはF、l、e、t、c、h、e、rでいいのかな？」

「改良型だ」ジョニーはそう言うと、あごで電話をさした。「あのベグリーが？　尾行が得意だって？」

「なんの駆け引きだ？」

「こいつは駆け引きなんかじゃない、ウィギンズ。おれは優秀な探偵を雇いたいんだ」

「無理だな。ひとつの仕事に別々に二人から依頼を受けるのはルールに反する……」ウィギンズはそこでやや躊躇した。「つまり、両者の利益が対立する場合は、だが」

「ほう、そうなのか？」

「いいか、フレッチャー。あんたがここに来たのがただの偶然じゃないことぐらい、とっくにお見通しだ。あんたはこの昼、ベグリーの尾行に気づき、彼がおれのために働いていることを突き止めた。それがあんたがここに来た理由だろう？」

ジョニーは余裕綽々といった表情で探偵を見て、ポケットから金を取り出した。そこから百ドル札を引き抜き、残りをもとに戻して、それから百ドル札のしわを丁寧に伸ばして高く掲げた。一連の動作の間、ウィギンズの視線は紙幣に釘づけになっていた。

「証拠物件A」ジョニーは言った。「正真正銘の百ドル札だ」

「けっこうな話だ」

「そうだろう? さて、おれはこれで何が買えるかな?」

「優秀な私立探偵をひとり四日間。あるいは二人を二日間だな」

「他には?」

ウィギンズは百ドル札に視線を据えたまま、息を荒げ始めた。「何もないね」

「よく考えたほうがいいぞ、ウィギンズ。ちょうど三十秒したら、これはポケットに逆戻りしてそれっきりだからな」

「何が目的なんだ?」ウィギンズは叫んだ。

「ひと言。ほんのひと言でいいんだ。あんたを雇っておれを尾行させた人物の名前を教えてほしい」

「それは――それはあんたに話すわけにはいかない」ウィギンズはうなった。それから手を伸ばして鉛筆をつかみ、一枚の紙に走り書きをした。「口にするわけにはいかない。しかし……」彼はゆっくりと回転椅子を回し、ジョニーに背を向けた。

ジョニーが身を乗り出し、その紙をちらりと見ると、そこにはひと言だけ書かれていた。〝ウェンドランド〟

「こいつはお見それした!」ジョニーは叫んだ。「あいつにそんな度胸があるとは思わなかった」そして百ドル札をデスクに落とした。

ウィギンズがくるりと向き直り、分厚い手がデスクの上を過ぎると、百ドル札は姿を消していた。

ジョニーは思案顔でウィギンズを見た。そしてポケットからもう一枚、百ドル札を取り出した。

「さて、さっき話しかけていた件だが――アル・パイパーの……」

「またその件に戻るのか？」

「そうだ。パイパーの家の近辺に探偵をやり、ミセス・パイパーや近所の連中への聞き込みをさせてほしい。私生活全般、妻や隣人たちとの仲、わかることはすべて知りたい。二人目の探偵には、近隣の居酒屋から食料雑貨店まで、パイパーが立ち寄りそうな場所を片っ端からあたらせてくれ。ただし、おれが知りたいのは彼がウィスキーを何本買ったかなんてことじゃない――そうした場所で彼と言葉を交わした可能性のある連中に興味があるんだ。飲んでるときに口論になった余所《よそ》者とか。特に、この十二日間の間で」

「わかった、なんとかしよう」ウィギンズは言った。彼はジョニーの手の中の百ドル紙幣を見た。「二人を二日間だったな？」

「いや、彼らには一日ですべてすませてもらう。――二人でそれぞれ一日ずつだ。三人目の探偵には、オーク通りとミルトン通りの交差点辺りに住んでいるカーメラ・ヴィタリという男を調べてほしい」

「承知した。そいつは確か重要容疑者だな。他に誰か？」

ジョニーは一瞬考え、それから眉間にしわを寄せて言った。「ハリー・タウナーを」

「革工場の？」

「レザー・デューク、その人だ」

「あんたが自分の金をどう使おうがおれの知ったことじゃないが」ウィギンズは言った。「おれはこの事件に関する記事を隅から隅まで読んだ。タウナーのような男とこのパイパーってやつに接点があるとはとても考えられない」

「パイパーはタウナーの工場で働いていたんじゃないか」ジョニーは言った。「そして、この事件に関わっているやつはみなそうだ」

ウィギンズは顔をしかめた。「タウナーについてどんなことを見つけ出せというんだ？　ああいう男を調べ上げるのは容易なことじゃない」

「わかってる。しかし見方を変えれば、タウナーは世に知られた名士だ。新聞社は間違いなく彼に関する資料を大量に持っているだろう。おれはシカゴの人間じゃない。あんたたちが彼について知っていることを、おれは知らないんだ。彼の経歴をざっと把握しておきたい——私生活同様、仕事のことも」

「まあ、そういうことなら」

「よし、すぐに取りかからせてくれ。ちょうど今、四時になる。明日の午後四時までの四人の名探偵の料金を支払っておこう。継続するかどうかはそのときの状況次第だ」

「それより前に報告が必要か？」

「ああ。こっちから電話する。夜間の連絡先はあるんだろうな？」

「もちろんだ。グラニット三の一一二七。うちの探偵たちは状況が可能であれば一時間ごとに連絡を寄こすことになっている。しかし何か重大なことが持ち上がったときはどこに連絡すればいいんだ？」

「〈レイクサイド・アスレティック・クラブ〉に。不在のときは伝言を残してくれ」

ジョニーはウィギンズにあとからちらつかせた百ドル紙幣を渡し、帰る用意をした。「こいつはフレッド・ウェンドランドの利益に反するってことにならないのか?」

「ウェンドランド? ウェンドランドとは誰のことだ?」

「気にしないでくれ」ジョニーは言った。「あんたは何もおれに喋ってないんだから」

ウィギンズは薄笑いを浮かべ、ジョニーは事務所をあとにした。通りに出ると、彼は黒いシボレーのほうへ歩いていった。ウィギンズ探偵社のベグリーが苦々しげな目を向けてきた。「状況が変わったぞ、ベグリー。ウィギンズに電話して、新しい指示をもらうんだな」

ベグリーは肩をすくめただけで、なんの返事もしなかった。

「おれはこれから〈レイクサイド・アスレティック・クラブ〉へ行く。しばらくそこにいるから、その間に電話するといい。いや、それよりミシガン通りまで乗せていってくれないか?」

「とっとと行け」ベグリーは刺々しく言った。

「愛想のないやつだな」ジョニーはそう言って立ち去った。

そのあとジョニーはマディソン通りに行き、東に折れた。そして数分後、〈レイクサイド・アスレティック・クラブ〉の門をくぐった。「フレッチャーだが」彼はドアマンに言った。「友人のエリオット・タウナーから、ここにぼくのゲストカードを預けてあると聞いているんだが……」

「はい、さようでございます。数分前にオフィスから電話がありました。ミスター・フレッチャーとミスター・クラッグにあらゆる便宜をおはかりするようにとのことです」

「それは助かる。ミスター・クラッグは五時半頃に来るだろう。来たら階上《うえ》に案内してくれ」

「かしこまりました」

ジョニーがクラブのロビーに足を踏み入れると、右手にお定まりの受付が見えた。彼はつかつかと歩み寄った。

「ミスター・エリオット・タウナーがぼくのゲストカードを手配してくれている」彼はフロント係に言った。「ジョン・フレッチャーだ」

「ようこそおいでくださいました、ミスター・フレッチャー。お部屋をご用意いたしますか？」

「二人部屋を頼む、ベッドは二つで。間もなくミスター・クラッグも到着するはずだ」

「かしこまりました。ミスター・タウナーからミスター・クラッグのお手配も承っております。大通りを見渡す非常に快適なスイートがございます。お部屋が二つとバスルームがございます。お荷物をどちらかに取りにやらせましょうか？」

「いや、けっこう。こちらへ送るように、すでに手配してあるので」

「さようでございますか。ではボーイにお部屋までご案内させます。おい、きみ！」

第十六章

制服姿のベルボーイがすかさずロビーを横切ってきた。フロント係がカウンターに鍵をすべらせた。

「ミスター・フレッチャーを六一二号室にご案内してくれ」

「こちらへどうぞ、お客さま」ベルボーイが言った。

ジョニーはベルボーイについてエレベーターに乗り、六階に上がった。ベルボーイはジョニーを建物の正面側に連れていき、六一二号室のドアを解錠した。

「クラブでも最上のスイートでございます」ベルボーイはあちこちの電気のスイッチをつけながら、バスルームから続き部屋へとジョニーを案内した。

バスルームを通り抜けたとき、ドアの裏側の掲示がジョニーの目にとまった。〝クラブ規則〟とある。

そこには肉太の書体でこう書かれていた。〝従業員へのチップはご無用に願います〟

「これはなんだね？」ジョニーは掲示を指で叩いた。「チップは無用だって？」

「ちょっとした規則のひとつです、お客さま」

「それはあいにくだったな」

「はあ、あまり気に留める方はいらっしゃいませんが」ベルボーイは抜け目なく言った。

「しかし、ぼくはただのゲストで、このクラブの会員《メンバー》ではないからね。規則を破って、エリオット・タウナーに迷惑をかけたくないんだよ」

「タウナーですって？　あの人なら、もっと他に心配すべきことが……」

「たいした若者だろう、彼は」

ベルボーイは肩をすくめ、バスルームを出ようとした。そこでジョニーは徐々に薄くなりつつある札束を取り出し、目を通し始めた。

「エリオットについて教えてくれないかな」ジョニーはさりげなく切り出した。「ここらじゃ、けっこう嫌われているんだろう？」

「存じません。わたしはただのベルボーイですから」

「ベルボーイというのは周囲で起きていることをなんでも知っているものだ。きみはついさっき、エリオットについて何か言いかけた……」

「申し訳ございません。口をつぐんでおくべきでした」

ジョニーは両手で札びらを切った。「ああしてこっちの興味をかきたてたんだから、喋ってもいいだろう。エリオット・タウナーが心配すべきことというのはなんだ？」

ベルボーイはジョニーの手の中の札束をじっと見つめた。ジョニーは五ドル紙幣を引き抜き、縦長に折ってボーイに渡した。

「きみが言おうとしていたのは……？」

「ご婦人のことですよ！」ベルボーイは口を割った。「本来、ご婦人方はダイニングルーム以外、クラブに入れないことになっているんです。ですが昨夜、わたしが夜間の勤務に就いていたところ、あるご婦人がロビーに飛び込んできて、どうしても彼に会わなきゃならないって言うんです。ドアマンのガスが十一時に退勤して玄関にいなかったものですから、彼女はわたしが制止する前にロビーに入ってきてエレベーターに向かいました。押しとどめるのにひと汗かきましたよ。まあ、それはいいんです、すごい美人でしたから。あんな美人に勝負を挑まれるのであれば、やぶさかではありません。でもそのとき、ボーイ長のホーマーが内緒で入っていたサウナから出てきて、わたしは彼女を中へ通してしまったということで大目玉を食らいました。実際は未然に防いだのに」

「その女がエリオット・タウナーに会いたいと言ったんだな?」

「いやいや、それはノーラから聞いたんです」

「ノーラ?」

「電話交換手です。ノーラとは、その、夜間の勤務が終わったあと、よく一緒に外出するんです。ここではそういう勤務体制になっていますので。前日の正午から夜十二時まで働いたら、翌日は午前七時から十二時まで、午後は休みで、そのあと六時から深夜までって具合です」

「そいつはめでたい」ジョニーはそっけなく言った。「きみとノーラが幸せになることを願って……」

「はあ? ぼくたちは結婚とか、そういう話はいっさいしてません」

「なるほど。だったら、きみがノーラから聞いた話を教えてくれるだろうね?」

「このご婦人とミスター・タウナーに関することです。ご婦人は夜通し十回近く電話してきましたが、ミスター・タウナーはつかまりませんでした。そこで伝言を残したのですが、ミスター・タウナーは返事の電話をなさいませんでした」

「彼はクラブにいたのか?」

「そこなんですよ。クラブにはいらっしゃいました。しかしノーラに命じて居留守を使い、だからご婦人は電話をかけ続けて、伝言を残したわけです。非常に重要なことだとご婦人は言ったそうです。生死に関わることだと。それでノーラは気の毒に思い、自分が退勤する直前、ご婦人からの電話があったときに……」

ベルボーイはそこで顔をしかめながら口をつぐんだ。

「続けろ」ジョニーは叫んだ。

「いや、すでに喋り過ぎてしまいました。わたしに関わることだけならまだしも……」

ジョニーはすばやく十ドル札を抜き、ベルボーイの手に握らせた。「先を聞かせてくれ」

ベルボーイは舌先で唇を舐め、深く息を吸った。「ノーラはミスター・タウナーの部屋に電話を繋いだんです」

「それから?」

「それで終わりです」

「十ドルでか?」ジョニーは憤慨した。「その金を返してくれ」彼はいまだベルボーイの手にある十ドル札を引ったくろうとした。ベルボーイは即座にその手を引っ込めた。

「わかりましたよ。ノーラはその電話を盗み聞きしたんです。ミスター・タウナーは電話の相手が誰だか知ると恐ろしく機嫌が悪くなりましたが、話を聞くとすっかり黙り込んでしまったそうです。もちろん、ノーラには彼女が何を話しているのかわかりませんでしたが、なんであろうとミスター・タウナーは怒りまくるのをやめたんです」

「女はなんと言ったんだ?」

「わかりません。ノーラには理解できなかったそうです。あまり多くは話さなかったということですが……」

「なんと言った？」

「ええと、『わたしは誰がやったのか知っている』、こんなようなことだけです。しかし、ミスター・タウナーには絶大な効果がありました。彼は絶句して、そのあと彼女に今日会おうと言ったときにはすっかり意気消沈していたそうです。これはわたしがいったん彼女を追い出したあとのことなので、十一時前後だったでしょうか。真夜中頃で——」

「その女は名を名乗ったのか？」

「電話で？　いいえ。ただ、伝言を残したときに、ナンシーとだけ……」

「ナンシーだって！」ジョニーは叫んだ。

「ええ、ナンシーです」ベルボーイの目が光った。「ご存じの方ですか？」

「いや」

「今日、ずっと考えていたんですが」ベルボーイは続けた。「ミスター・タウナーの父上はノース・サイドのほうに大きな革工場を持っています。昨日、そこで殺人があったんですが、わたしが考えるに——」

「やめたまえ」ジョニーは言った。「何も考えるな」

「はあ、おそらくおっしゃるとおりなんでしょう。そうだ、あなたにお話ししたことはここだけの話にしてくださいよ。仕事を失いかねませんからね。ノーラにしても——」

「心配するな。いっさい誰にも言わないから」

「どうも。ええ、それとですね、もし必要なときは、ベルボーイの待機所に電話して、ナンバー3を呼び出してください。番号を忘れてしまった場合は、オージーの名で……」

「オージー、ナンバー3だな。覚えておく」

ナンバー3のオージーは十五ドルという大金を懐にして、スイートルームを去った。

ジョニーは部屋じゅうをすばやく見て回ったあと、デスクに歩み寄り、備え付けの文具を探した。そしてペンを手に取ると、こう書いた。〝サム、サウナまで来てくれ〟

ジョニーはメモを目につきやすいように鏡台の枠に差し込み、部屋を出て、エレベーターでサウナのある階まで下りた。従業員が彼を更衣室まで案内して、タオルとシートを渡してくれた。ジョニーはシートを身体に巻きつけると、熱気のこもる熱い部屋へ足を踏み入れた。

部屋には数脚のデッキチェアが散らばり、そのうちの二、三脚にはすでに裸の会員《メンバー》が座っていた。ジョニーはあいた椅子にシートを広げ、そこに腰掛けた。木製の椅子はシートを通してさえ飛び上がりそうな熱さになっていた。部屋の温度は八十度を超えていた。
一、二分でジョニーの身体から汗が噴き出し、十分もしないうちにたらたらと流れ始めた。彼はもう十分ほど部屋に留まり、それから抜け出して、熱いシャワーを浴びた。最後に冷たい水を浴びると、そのままプールに駆けていって飛び込んだ。
水底から浮き上がったジョニーは、そこから二フィートと離れていない場所にいたフレッド・ウェンドランドの顔をまじまじと見つめた。

「フレディーじゃないか!」ジョニーは叫んだ。「こんなところで会えるとはね」

ウェンドランドは立ち泳ぎをしながら、ぽかんとした顔でジョニーを見ていたが、少し遅れて相手の正体に気づいたようだった。「フレッチャー。いったいどうやってこの場所にもぐり込んだんだ？」

「ゲストカードさ。あんたは？」

「ぼくはこのクラブの会員《メンバー》だ」

ジョニーは立ち泳ぎは得意ではないので、プールの端まで泳いでいった。プールから上がった彼はタイルに腰を下ろし、両脚を水につけてぶらぶらさせた。少し先ではウェンドランドが立ち泳ぎを続けている。その顔は怒りでゆがんでいた。

「あんたが昼間帰っちまったのは残念だったな」ジョニーは愉快そうに言った。「もしゆっくりしてたら、私立探偵を紹介してやったのに。おれたちはちょっとした密談をしたんだ」

「ぼくは私立探偵なんぞに興味はない」ウェンドランドはにべもなく言った。彼はプールの端まで泳いできて、そこで再び立ち泳ぎを始めた。「それにぼくには、どうしてきみのような男がこのクラブのゲストカードを欲しがるのか理解できないね。いかにきみが図々しくても、ここでは自分が場違いな人間だと思い知るだけだ」

「とんでもない、ここはおれにぴったりの場所だと思ってるよ」ジョニーはからかうように答えた。「今日一日よく働いて、今はこうしてくつろいでいる。サウナに入って、ひと泳ぎして、これからマッサージを受ければ、夜の準備は万端だ」

「ぼくが言う意味はよくわかっているはずだ、フレッチャー。ここの人間ときみとでは人種が違う」

「連中には頭がふたつあるが、おれにはひとつだけだとでも？」

「きみは一介の労働者に過ぎない」

「一介の労働者がこのプールを建てたんじゃないか、ウェンドランド。一介の労働者が、あんたが口にする食べ物を育て、着る服を作っているんだ。とりわけ、このおれに関してはだな、フレディー坊ちゃん……」ジョニーはいきなり立ち上がり、胸を張った。「何かひとつでも、あんたがおれより優れていると思うことを言ってみろ。体力勝負なら、あんたなんぞ指先ひとつで……」

「さあ、それはどうかな」ウェンドランドはうなるように言った。

「それに頭の中身でもな、どういう点ならおれより勝っているんだ？　おれはどんな問題でもあんたを出し抜くことができる……」

「それ以上は聞き捨てならないぞ、フレッチャー」ウェンドランドはわめき散らした。「ぼくが水から上がるまで待っていろ……」彼はすばやく泳いできて、プールから上がりかけた。

ジョニーはその姿を冷ややかに見守った。「あんたは自らおれより劣っていることを認めたんだ。ウィギンズ探偵社を雇っておれを尾行させたのがいい証拠じゃないか」

ウェンドランドは半分水から上がりながら、驚愕の目でジョニーを見つめた。「な、なんの話をしているんだ？」

「ベグリーという名の男が一日おれをつけ回していた。今はクラブの外にいる。彼はウィギンズ社の探偵だ。そして彼らを雇ったのが、あんただ」

ウェンドランドは完全にプールから上がっていたが、もはや戦闘意欲は失っていた。狼狽のあまり顔がゆがんでいる。

「なぜおれを尾行させたんだ、ウェンドランド？」ジョニーは追い打ちをかけた。「あんたはアル・パイパーを殺したのがおれじゃないことをよく知っているはずだ。それなのに、なぜだ？　あんたについておれが何か嗅ぎつけるのを恐れているのか？」

ウェンドランドは不意に踵を返し、ジョニーのもとから立ち去った。ジョニーがその姿を見送っていると、サムがプールの向こうに現れた。サムはジョニーを見つけると手を振った。

ジョニーは手招きでサムを呼んだ。「さっさとサウナに入って、ひと泳ぎしろよ、サム。おれがマッサージを受けてる間にな。それから飯を食おう」

「ここのステーキかい、ジョニー？　せっかくの肉も台無しっていう話の」

ジョニーはくすくすと笑った。「食って食えないことはないさ」

従業員がやって来て、サムは更衣室に向かった。ジョニーは手の空いているマッサージ師を見つけて個室に入り、ベッドに手足を伸ばした。

マッサージ師はジョニーの身体にシーツを掛け、片方の脚の部分だけめくり、オリーブ油をこすりつけた。そして両手で施術を始めた。その指は驚くほど力強く、筋肉の凝りを見逃さなかった。手を動かしながら、マッサージ師はジョニーに話しかけた。

「お客さまは新しく入会された方ですね？」

「ただのゲストさ。タウナーに推薦してもらったんだ」

「ああ、ミスター・タウナー。レザー・デュークですね。わたしは週に二、三度、あの方にマッサージしてさしあげているんです。あのお齢にしてはすばらしい状態です。体型もよく保っておられますし……。ううむ、この辺りが凝っていますね」ジョニーは痛みで音を上げそうになるのを、息をこらえて耐えた。マッサージ師は忍び笑いをもらした。「もっとご自分を労わらなければいけませんよ。運動も仕事もほどほどに」

「なるほど。そうかもしれないな。ところで、ちょっときみの観察力を試してみたいんだが――ぼくはどんな仕事に就いていると思う？」

マッサージ師はジョニーの脚を下ろしてシーツで覆うと、もう片方の脚に取りかかった。「株式関係か、商工会議所の方ですかね。放送や広告関係かも」

「肉体労働者とは思わないか？」

「まさか！　あなたが？　それでしたらクラブで寝泊まりはなさらないでしょう。そもそも、あなたはそういう筋肉をしていません」

「失業中の労働者なのかもしれないよ」

「いいえ、あり得ません。紳士はひと目見ればそれとわかりますから」

「きみはぼくが紳士だと思うんだね？」

「ええ、確かに。わたしが知っていることのひとつ——それが紳士なのです。わたしはこのクラブで九年働いています。週に四、五十人の紳士方をマッサージしているんです。紳士に関しては、決して見誤ることはありません」

「これまでフレディー・ウェンドランドのマッサージをしたことはあるかい？」

「月に二、三度」

「ぼくと違いはあるかい？」

「どういう意味でしょうか。あの方はあなたよりお若いですが、それ以外はあなたとまったく同じ——紳士でいらっしゃいます」

ジョニーはにやりとした。ウェンドランドがこれを聞いたら、なんと言うだろう。彼はマッサージ師の熟練の技に身を委ね、半時間後、ベッドから起き上がったときには五歳も若返った気分になっていた。

サムはまだプールで泳ぎを楽しんでいたが、ジョニーとともに着替えてグリルルームに移動した。ステーキを注文して平らげると、時刻は七時を過ぎていた。

ジョニーが鮮やかな手つきで勘定書きにサインをして、二人はグリルルームをあとにした。

「さあ、いよいよこれからデートだ」ジョニーは言った。

「相手がいるのか？」

「おれにはな」

「女と？」

「デートの相手といったらそうに決まってるだろう。工場にいる、飴色の髪の娘だ。名前はナンシー・ミラー」

サムは顔を輝かせた。「ああ、あれはいい娘だ。おれはこの昼、少しばかり話をした」そこで彼は咳払いをした。「彼女、友達はいるのかな？」

「友達のいない娘なんぞいないさ」

「電話して訊いてみてくれないか？」

「いや、そいつはちょっとまずいな。電話じゃ、断るスキを与えちまう。いきなり訪ねていって驚かせてやれば、友達を誘ってくれるさ」

「それは前にセントルイスで使った手じゃないか。あのときの娘は体重二百ポンドだった」

「ああ、しかし情の深い娘だっただろう？」

「それにしても限度がある。おれはナンシーぐらいの背格好の娘のほうがいい」

二人はクラブの玄関を出て、ドアマンにタクシーを呼ばせた。タクシーに乗り込むと、ジョニーは運転手にナンシー・ミラーが住むアーミテージ通りの住所を告げた。

タクシーは違法Uターンをして、ミシガン通りの方角に向かった。その後ろで黒いシボレーが同じく違法Uターンをした。ジョニーはバックミラーに映るシボレーを見て、悪態をついた。「近頃じゃ、どいつもこいつも信用できないな」

サムにはジョニーの言葉が聞こえなかった。まだ見ぬデートの相手のことをあれこれ考えながら、空想の世界に浸っていたからだ。

第十七章

タクシーはミシガン通りを走り、レイク・ショア・ドライヴ（シカゴ市のミシガン湖畔を走る高速道路）に乗った。数分後、リンカーン・パークの曲がりくねった車道で道に迷ったかに見えたが、運転手はいくつもの複雑なターンを確実にこなし、突然、方向転換してアーミテージ通りに入った。数分後、タクシーは三階建てのみすぼらしいアパートの前で停まった。

運転手は車を降り、ジョニーとサムのためにドアを開けた。「クラブを出たときからずっとつけてくる野郎がいますぜ」

「気にしなくていい」ジョニーは言った。「ただの私立探偵だ」

運転手はアパートに視線を向けた。「奥さんが浮気の証拠を押さえようとしてるんですか?」

「今にわかるさ」ジョニーはポケットから十ドル札を取り出した。「きみ、今夜はついてるな。われわれは人気のスポットをいくつか回るつもりだから」

「そいつはいい」運転手は言った。「回り足りないってときは、いいとこを二、三、知ってますぜ」

ジョニーとサムはアパートのロビーに入っていき、郵便受けを見つけた。そのうちのひとつにはこう書かれていた。〝3C　ミラー、バラード〟

二人は階段で三階に上がり、3Cの部屋を見つけた。ジョニーがブザーを押すと、三秒もしないうちにドアが開いた。現れたのは自然な鳶色の髪をした、ジョニーがこの四年間で見たうちで最も色艶のよい顔の女だった。女はかなり背が高く、サムが文句をつけていた二百ポンドより八十ポンドは軽そうだった。ジョニーがすばやくサムに視線を走らせると、彼はぽかんと口を開けていた。

「ミス・バラードだね」ジョニーは言った。「きみのデート相手を紹介させてもらえるかな。友人のサム・クラッグだ」

「確かにわたしの名はバラードだけど、相手が違うみたいよ」

「おれはジョニー・フレッチャー。ちょっと事情を説明すると……」

鳶色の髪の女の背後にナンシー・ミラーが現れた。「ジョニー！」ナンシーは彼女の給料のひと月分はするに違いない、長いイブニングドレスを着ていた。

「あなたのデート相手よ」ミス・バラードはそう言うと、部屋に戻った。ジョニーとサムはあとに続いた。サムの目は片時も鳶色の髪の女から離れなかった。

ナンシーはサムを、次いでジョニーを見て、小首を傾げた。ジョニーはにやりと笑った。

「きみはサムに女友達を紹介してくれると言っただろう？」

「いいえ」ナンシーは冷ややかに答えた。「言ってないわ」

「つまり、おれはきみに、サムとおれはいつも女の子たちとダブルデートをしているって話すのを忘れたってことだよな」

「あなたはそんな話はひと言もしなかったわ。もししていたら絶対に断ったはずだもの」

ジョニーはナンシーのルームメイトに向かってうなずいた。「サムは乗り気だと思うよ」

ミス・バラードは言った。「おあいにくさま。わたしはこれからデートなの」

「いつものボーイフレンドと？」

「ええ」

ジョニーはやれやれと言わんばかりの顔をした。「お決まりの相手とのデートなんてつまらないじゃないか。サムはとびきりいいやつだ。何より彼は世界一、たくましい男なんだ」

「ああ、ナンシーが話していた力持ちね」

「彼女はきみにサムの話をしていたのか。おれのことは？」

「あなたのことも、たっぷり！」

「黙って、ジェーン！」ナンシーがぴしゃりと言った。

「続けてくれ、ジェーン」ジョニーが急き立てた。「おれは褒め言葉を聞くのが好きなんだ」

「ジョニー」ナンシーは言った。「あなたに期待を持たせたのはわたしの間違いだったわ。わたし、貸本屋からものすごく退屈な小説を借りているんだけど、あなたとデートに出かけるぐらいなら、いっそそれを読んでいたいわ」

「まあまあ」ジョニーはなだめるように言った。「外にタクシーを待たせているんだ。きみたちをとっておきのスポットに案内する用意がすっかり整って……」

「〈血のバケツ〉《バケット・オブ・ブラッド》みたいな？」

「あそこで今夜、ダンスがあるんだ」

「金曜の夜は毎週あるわよ」ナンシーはクロゼットからコートを取り出し、「この人はどうするの？」

サムをあごで示しながら尋ねた。

「ゴードンは最近、ちょっといい気になり過ぎてるの」ジェーン・バラードがいきなり口を開いた。

今夜はすっぽかしてやるわ。いい薬よ！」

「その調子だ！」ジョニーが叫んだ。

「いいぞ！」サムも得意げに笑った。

「ジェーン」ナンシーが言った。「無理しなくても……」

「気にしないで」ジェーン・バラードは叫んだ。「なんだか面白そうだもの」

ナンシーの青い瞳の奥がきらりと光った。しかし彼女はそのまま奥へハンドバッグを取りにいった。戻ってきたとき、その光は消えていた。「いいわ、フレッチャー、クラッグ。せいぜい笑わせてちょうだい」

「最初の笑いの種がもう外で待ってる」ジョニーは言った。「黒いシボレーに乗った私立探偵だ。やつは今日一日おれをつけ回して……」

「冗談じゃないわ。わたしが探偵に尾行されながらデートすると思ってるの？」ナンシーがかっとして言った。

「どこに違いがあるんだ？　おれとしてはやつにつけさせておきたい。こっちがやつをつける手間が省けるからな」

ナンシーはしばらくジョニーを凝視していたが、やがてふっと息を吐いた。「こんなことをして、いったいなんになるの、ジョニー？」

「おれは無害な傍観者だ、それだけだよ」

「無害な傍観者でも傷を負うことがあるわ」

「誰がおれを傷つけるんだ？　フレディー・ウェンドランドか？　それとも——エリオット・タウナ

ーかい?」

ナンシーは背を向けて壁の鏡に歩み寄り、口紅を塗り直した。その間にジェーン・バラードはバッグとコートを取りにいった。

ナンシーは口紅を塗り終えると言った。「いいわ、出かけましょう」

四人はアパートを出て歩道を渡り、タクシーを待たせている場所まで歩いた。ジョニーは私立探偵のベグリーを探そうともしなかった。いずれにしても、間違いなく付近に車を停めているはずだ。一行はタクシーに乗り込んだ。

「誰かが誰かの膝に乗らないとな」ジョニーは座席にドスンと座り、その膝にナンシーを引っぱり上げた。彼女は身を固くして一瞬抵抗したが、やがてジョニーに背中を持たせかけた。サムは恨めしそうな顔でジョニーを見て、反対側の座席に座った。ジェーンがジョニーとサムの間に収まった。

運転手が肩越しに振り返った。「どちらまで?」

「〈血のバケツ〉《バケット・オブ・ブラッド》へ」

「どこですって?」

ナンシーが叫んだ。「また冗談を言っているわ」

「いや、名前に興味をそそられるんだ。場所を見てみたい」

「わたしは新品のドレスを着てきたのよ」ナンシーが怒りをあらわにして言った。「行き先はてっきり――」

「多分、あとでな。先にまず〈血のバケツ〉《バケット・オブ・ブラッド》を覗いてみよう」

「お客さん」運転手が辛抱強く言った。「二十二番街近くのウェントワース・ガーデンにある

〈血のバケツ《バケット・オブ・ブラッド》〉なら知ってますがね。もうひとつはケジー大通りのはずれの……」

「おれが行きたいのはクライボーン通りにあるほうだ。〈クライボーン・ホール〉とか呼ばれている——」

「ああ、あそこか！」

運転手がギヤを入れ、タクシーは飛び出した。猛スピードでアーミテージ通りからホルステッド通りに進み、左折して数分後、クライボーン通りに入った。やがてブレーキが甲高い音を立て、車は停止した。

一行はタクシーを降り、古びたレンガ造りの三階建ての建物の前で足をとめた。一階は居酒屋になっている。幅の広いドアと二階に続く階段。ドア口に垂れ幕がかかっていた。

〝クライボーン体操協会主催ダンスパーティー。入場料一ドル。ご婦人は無料〟

「ご婦人《レディー》は無料、か」ジョニーは叫んだ。「こいつは運がいい」

「レディーがこんなところに来るものですか」ナンシーが噛みついた。

「ねえ、ナンシー」ジェーン・バラードがおっとりと言った。「あなた、爪が丸見えよ」

「まあ、ありがとう、教えてくれて」ナンシーは言い返した。「今夜、家に帰ったら、よくやすりをかけておくわ」

「喧嘩はやめてくれよな、お嬢さん方」ジョニーがたしなめた。「ここへは楽しむために来たんだから」彼はナンシーの腕に手を添え、長い階段を上り始めた。

階段を上がると音楽が聞こえてきた。演奏はまずいが音だけは大きい。それが〈クライボーン・ホール〉の常連の意向なのだろう。時刻はまだ早かったが、大きなホールにはすでに三、四百人の客が入っていて、なおも三十人近くが階段の先に詰めかけ、さっさと入場させろと騒いでいた。

ドア口に二人の中年男が立っていた。青字で「委員会」と印刷された白い腕章をつけている。

ジョニーはそのうちのひとりに二ドル渡し、もうひとりからすばやくチケットを四枚受け取った。

ダンスホールに入り、ジョニーが最初に目にした人物はカール・ケスラーだった。肉づきのよい、亜麻色の髪をした四十ぐらいの女と踊っている。

ケスラーは驚きのあまり目を丸くした。ダンスをやめ、女に何事か言うと、彼女は立ち去った。ケスラーがこちらに近づいてきた。

「ここできみたち二人に会うとは驚いた」彼はジョニーとサムに向かって言った。それからナンシーにうなずいてみせた。「やあ、ナンシー」

「こんばんは、カール。ルームメイトのジェーン・バラードを紹介するわ」

「これは初めまして」カールは挨拶をして、ジョニーに向き直った。「まさかきみがドイツやハンガリーのダンスに来るとは……」

「ほう、これはそういうものなんですか？」

「ここはクライボーン体操協会——つまり、アスレティック・クラブだ。平日は彼らの体育館になっている」

「あんたはクラブの会員なんですか？」

ケスラーは顔をしかめた。「わたしが？　運動なら工場だけでたくさんだ」

音楽が止み、フロアから人がいなくなったが、ジョニーたちは相変わらず小さく固まっていた。サムがジョニーを肘でつつき、目が合うと、フロアの右手にいる何者かをあごでさした。

カーメラ・ヴィタリが数人の浅黒い肌の若者やイタリア娘に囲まれ、凄まじい形相でジョニーをにらんでいた。

「ほほう、ブラック・ハンドのお出ましか！」

カール・ケスラーは目をそらした。「ああ」彼は不満げに言った。「あの連中は時々ここにやって来る。酔っぱらっては、まともな人間相手に喧嘩を吹っかけている。その中でも、あのカーメラは一番質《たち》が悪い」

「工場にいたときのほうがまだましだったわ」ナンシーが口をはさんだ。「他にわたしたちの知っている人はいる?」

ケスラーは肩をすくめた。「三、四人ってとこかな。結局、工場では六百人の人間が働いていて、そのほとんどがノース・サイドの住人なわけだから。誰かとこの辺りでひょっこり顔を合わすこともあるだろう」

「そうかしら」ナンシーが意味ありげに言った。

「あとで聞くよ、お嬢さん」ジョニーは陽気に言った。「ちょっと失礼してもいいかな。大事な電話をかけなければならないもので……」

「どうぞ、ご遠慮なく。あなたのいない間に言い寄ってくる男がいても、うまくかわしてみせるわ」

「いつもお見事だ、ナンシー」ケスラーがウィンクしながら言った。「もしわたしがあと三、四歳若ければ、お手合わせ願うところだが」

「彼女に狼どもを寄せつけないようにしてくださいよ、カール」ジョニーは言った。「次のダンスが始まるまでには戻りますから」

ジョニーはすでに〝電話〟の表示を見つけておいたので、その方向に足を向けた。しかしそこまで行くと、隣接したバーを示す矢印が目に入った。バーに入ると、短いカウンターに四人の客が並んでいた。電話ボックスはバーのそばにあり、幸い誰も使用していなかったので、中に入った。

ジョニーはドアを閉めてバーの喧騒を遮断しながら、投入口に五セント硬貨を落とした。そしてウィギンズ探偵社の夜間の電話番号を回した。

「もしもし」耳障りなだみ声が聞こえた。「ウィギンズだが」

「ジョニー・フレッチャーだ。あんたはベグリーの尾行をやめさせたとばかり思っていたが」

「そんなこと、できるわけないだろう、ミスター・フレッチャー」ウィギンズは答えた。「依頼人から金をもらっている限りは、どうしたって――」

「その金はいつまでの分だ?」

「夜中の十二時までだ」

「いいだろう」ジョニーはきびきびと言った。「いずれにしても、あんたが良心的なのは喜ばしいことだ。さて、おれが頼んだ調査でこれまでにわかったことは?」

「いろいろあるぞ。アル・パイパーは女房持ちで、子供は三人。持ち家もあった。ウェスト・グレース通りの条件のいい場所にあって、価値は一万五千ドルから一万八千ドルといったところだ。女房との間にトラブルはなかった、うちの探偵が調べた限りではな。ミセス・パイパーは今度のことをひどく悲しんでいる。亭主に敵はいなかったと言い張っていて……」

「敵はいたんだ、ひとり」ジョニーは口をはさんだ。「やつを殺した人物だ」

「まあ、そういうことになるな、ミスター・フレッチャー」ウィギンズは認めた。「それに関して言えば、女房は亭主が家の外で何をやっていたかいっさい知らない。自分の亭主は品行方正の見本のような人間だったと思い込んでいる。しかし、わが社の探偵の調べによれば、家を離れたところでのパイパーの振る舞いはまるで別人だった。彼は大酒飲み、いわゆる酒乱だった。つい先週も、フラートンに近いリンカーン通りのとある場所で、ある男とひと悶着起こし……」

「男の名前はわかってるのか?」

「いや、そいつは居酒屋にいた余所者《よそ》だ。パイパーはそこの常連だった。バーテンダーの印象では、パイパーは相手の男を知っていたらしいが。二人は長いことテーブルで話し込んだり言い争ったりしていたが、突然、パイパーがウィスキーの瓶で相手の顔を殴りつけたそうだ。相手の男はパイパーを殴り倒して、腹を蹴りつけ、そのあと誰も手を出せないでいるうちに立ち去った」

「カーメラ・ヴィタリについてわかったことは?」

「カーメラには前科があった。それも並大抵のじゃない。二十八歳にして逮捕歴九回、一度目はまだ十三歳のときだ。半年間、問題児収容施設にいたが、それ以来、服役はしていない。ただし、異なる期間に二度、保護観察を受けている」

「逮捕のおもな理由は?」

「非行、浮浪罪だ。暴行、脅迫で五回。三回は罰金を科せられている」

「どれもけちな犯罪だな」

「いや、やつを見くびらないほうがいいぞ、フレッチャー。暴行罪で告発されたうちの一件は、かなり深刻なものだった。被害者は全快したが、もし、ある重要人物が口添えをしてくれなかったら、やつはかなり面倒な事態に陥っていただろう」

「その口添えをしてやった人物というのは?」

「市会議員のイェンセンだ、二十二番区の。カーメラに頭の骨を砕かれた男は、告訴状にサインするのを拒否した。イェンセンに買収されたんだ」

「そいつは何者だ?」

「ハヴェトラーという男だ」

「知らん名だな。で、タウナーについては?」

ウィギンズは一瞬、黙り込んだ。再び話しだしたとき、その声にどこか弁解がましい響きがあるのをジョニーは感じた。「こいつは厄介な仕事だ、ミスター・フレッチャー。うちの探偵はまだ資料の山に埋もれている。二、三度電話をかけて寄こしたが、知らせてきた情報といえば、シカゴじゃ誰もがすでに知っていることばかりで、新しいことは何ひとつ……」

「前にも言ったはずだが、このおれはタウナーについては何ひとつ知らないんだ。あんたや街の人間は残らずタウナーのことを知っているかもしれないが、おれは違う。なんでもいいから聞かせてくれ」

「ともかく、たいした金持ちだ。タウナーの父親は一八八四年、シカゴで事業を始めた。最初は皮なめし工場、次には別の事業、それから皮革工場だ。アルガー製靴工場の株を四九パーセント、トランソ製靴工場のを五一パーセント所有、そんなとこだ。死んだとき、遺産は正味一千一百万ドルにのぼった」

「それはいつ頃のことだ?」

「かなり前だ。一九三〇年だからな」

「ハリー・タウナーが全財産を受け継いだのか?」

「わずかな遺贈分を除いてすべてだ。しかし、ハリー・タウナー自身もよくがんばった、その点は間違いない。今日《こんにち》では、彼の財産は三千万ドルになると言われている」

「それは言い換えれば、彼が金に汚いということじゃないのか? 私生活についてはどうなんだ?」

「結婚は二回。二十歳のときに一回、相手はショーガールで、この結婚は父親が無効にしている。そのあと、アルガー製靴のハリエット・アルガーと結婚した。子供は二人、息子のエリオットと娘のリンダだ」

「素行は?」

「は? ああ、そういう意味か。極めて慎重で、用心深い。もし何かあったとしての話だが。新聞はそんなことは書き立てないしな、三千万ドルの財産家に対しては。タウナーはこの街では大立者だ。重要人物なんだよ」

「なるほどな」ジョニーは言った。「彼は大物だ。しかし、おれだってあんたに大金を払っているんだ。一時間後にまた電話する。そのときにはもっと重要な情報をつかんでおいてくれよ」

「うちの探偵たちは鋭意調査中だが、もう時刻も遅くなってきたし……」

「そのまま調査を続けさせてくれ」ジョニーはぴしゃりと言って、電話を切った。

ジョニーが電話ボックスのドアを開けると、カウンターから立ち上がって近づいてきたカーメラ・ヴィタリと危うく衝突しそうになった。

「よう、相棒」カーメラが丈夫そうな白い歯をむき出しながら言った。「最近、玉突きはやってるか?」

「いや、あんまり」ジョニーは答えた。カーメラのそばには、ピンストライプのスーツで決めた浅黒い肌の、双子といってても通りそうな二人の若造がいた。二人ともガムを嚙みながら、にやけた顔でジョニーとカーメラを見比べている。「今夜はそういう気分じゃないんだ、カーメラ。なにしろ女連れなもんでね——」

「そうだろう、おまえが入ってくるところを見てた。なかなかいい娘《こ》じゃないか」

「ああ」

「いい趣味だ。おれの趣味と同じだ」

「なんだと？」

「あれはおれの女だよ。彼女はおれとの今夜のデートの約束を破ったんだ」

「ナンシー・ミラーが？」

「そのとおり。おまえが彼女を連れてここに現れたときは、いささかたまげたぜ。ナンシーは高級な場所が好きなんだ。上等な料理。飲み物ならシャンペン」

「ここには数分、立ち寄っただけだ」

「ナンシーの考えで？」

「おれの考えだ」

「ふふん、てっきり彼女の考えじゃないかと思ったんだがな。申し分のない女だが、気まぐれで、人をからかったり焦らしたりするのが好きなんだ。おれが仕事を辞めると、あいつはデートをすっぽかした。女ってものは、安定した職を持った男が好きらしい」

「なるほどね。おっしゃるとおりだよ、カーメラ。じゃ、彼女を待たせたくないんで」

ジョニーがカーメラの脇を通り過ぎようとするのを、浅黒い肌の二人の若造が阻んだ。カーメラは歯を見せてにやけた。

「そう急ぐことはないだろう、相棒。ナンシーは今、副職工長のおっさんと踊ってる」

「ケスラーか?」

「そうとも。工場で散々おれを苦しめた野郎だ。彼女の父親といってもいい齢のくせに。ひとつ、問題がある。蒸し返すのは心苦しいが、おまえには一ドル貸しがある。昨夜からの」

「おまえはあのチョークに石鹸を混ぜただろうが」

「違う、あれは最初から入ってたんだ。おれたちはあれを、ふらっと来て賭けていく小賢しい野郎のために用意しているのさ」

「こいつは金の問題じゃない」ジョニーは言った。「主義の問題だ」

「わかった、わかった。だが、おれに言わせれば、これは主義の問題じゃない、金の問題だ。だから、さっさと出せよ、な?」

ジョニーは三人の男たちの向こうにある、ダンスホールのドアを見た。そこまでの距離は長かった。再び演奏が始まったので、叫び声を上げても別の部屋には届かないかもしれない。

ジョニーは深いため息をついた。「おれが一ドルやったら、そのあとは?」

「ひとつずつ片付けよう。まず一ドル寄こせ」

ジョニーは肩をすくめ、ポケットに手を突っ込んだ。取り出した札束をめくり、一ドル札を見つけた。それを縦長に折って、残りをポケットに戻した。

「ほらよ」ジョニーが折りたたんだ紙幣を差し出すと、カーメラが手を伸ばしてきた。ジョニーは指先から紙幣を落とした。カーメラが反射的に下を向いてつかんだところに、ジョニーが目の覚めるようなアッパーカットを見舞った。カーメラの身体は一瞬まっすぐになったあと、まっすぐを通り越して後ろ向きに引っくり返り、ドスンという鈍い音とともに床に叩きつけられた。

二人の浅黒い肌の若造はガムを噛むのをやめ、驚愕の表情でジョニーを見つめた。ジョニーは彼らを除け、気絶したカーメラの身体を跨いでダンスホールに入っていった。

第十八章

ジョニーは見物人の輪を押しのけながら、ダンスフロアの端にたどり着いた。そしてジェーン・バラードとぎこちなく踊っているサムの姿を見つけると、他のカップルの間をすり抜けて二人のもとへ向かった。

「サム、頼みがある。バーを見張っててくれ。そこにカーメラが――」

「もしやつが揉め事を吹っかけてきそうなら、ジョニー……」

「もう遅い、しっかり返り討ちにしてやったがな。しかし気絶から覚めたら、また性懲りもなく向かってくるかもしれない。ジェーン……」

ジェーン・バラードはサムの腕から抜け出し、思わせぶりにほほえんで、ジョニーの腕の中に収まった。サムはかすかに顔をしかめたが、やがて肩をすくめ、バーに向かった。

「このときを待っていたのよ、ジョニー・フレッチャー」ジェーンが言った。

「おれもさ。ナンシーはどこだい？」

「おじさんと踊っているわ。しばらくナンシーのことは忘れてちょうだい。わたしに注目して。わたしはあなたが彼らが言うほど頭の切れる人かどうか知りたいの」

「彼らって？」

「あら、ナンシーは昨夜、あなたのことばかり話していたのよ。今夜、あなたが来る前もね」

「きみは彼らと言ったはずだ」

ジェーンはジョニーの肩越しにうなずいた。「昨夜、カールおじさんがアパートに訪ねてきたのよ」

「カールおじさん？　ケスラーはナンシーのおじなのか？」

「知らなかったの？」

「ああ」ジョニーは一瞬、沈黙した。「彼らがぼくのことを話していたって？」

「ええ、そうよ！　でも、それを言うなら、工場の誰もがみんな、そうなんじゃない？　だってあなた、ある日いきなり工員として働き始めたと思ったら、次の日には実質的にその場を仕切っているんだもの。その言い方は大げさだとしても、いわゆる昇進をしたんでしょう？」

「まあ、そう言ってかまわないだろうな」

「お給料はすごく増えたの？」

ジョニーは忍び笑いをもらした。「おい、きみの興味はそれだけだなんて言わないでくれよ――おれがいくら儲けたかだけだなんて」

「正直言うとね、ジョニー、わたしはあなたの稼ぎにものすごく興味があるの。もしあなたがわたしのことを、週給三十六ドルの男と結婚して、キッチンの流しで洗濯するような女だと考えているのなら、見くびってもらっては困るわ。わたしは愛する人と結婚するわ、それは確かよ。でもわたしが恋に落ちるとしたら、その相手は大金を持っている男か、または大金を儲けられる男のどちらかなの。これは本心よ」

「おれは今日、五百ドル稼いだぜ、ジェーン」

「さあ、話が面白くなってきたわ。それならわたしたち、こんなみすぼらしい場所で何をぐずぐずしているの？」

「ナンシーと踊って、それから出発だ——豪遊としゃれこむのさ」

音楽が鳴り止むと、ジョニーはナンシーとカール・ケスラーの姿を探した。そして二人がダンスフロアの反対側にいるのを見つけ、ジェーンと腕を絡ませたまま、そちらに歩いていった。ナンシーは彼らが近づいてくるのを見ていた。特に、ジェーンがジョニーの腕にしがみついているところを。

「ずいぶん長い電話だったのね」ナンシーは皮肉っぽく言った。

「足止めを食ったんだ。きみのボーイフレンドのカーメラがおれと話をしたがったんでね。きみのことで」

「あの人は嘘つきよ」ナンシーはきつい口調で言った。「わたしのことをなんと言ったか知らないけれど、そんなのは全部——」

「たいして話さなかったよ。あいつ、ちょっとした事故に遭ってね。口を怪我したんだ。それで話すのをやめなきゃならなかったらしい」

「あなた、彼と喧嘩したの？」

「パンチ一発を喧嘩とは言わんだろう。やれやれ、あいつ、またのこのこやって来たぞ」

ナンシーはすばやくジョニーの視線を追ってバーのほうを見た。カーメラと仲間二人が現れた。カーメラの動きはどこかぎこちなかった。サムが踊っている集団の中から現れて、カーメラと対峙した。ジョニーがフロアの反対側から見ていると、カーメラはしばらく何かまくし立てたあと、サムを避けて、ドアに向かった。サムはどうすべきか迷っている様子だったが、やがて肩をすくめ、その場を離れていった。

ジョニーはしがみついてくるジェーンの手を振りほどき、ナンシーの腕に手を添えた。再び演奏が始まり、ジョニーはナンシーとともにダンスフロアに足を進めた。

「ようやく」ジョニーは言った。「二人きりになれた」

「ここにいる約五百人は別としてね。ジェーンがあなたを困らせているのを見たわ。彼女はシカゴでも札付きの金持ち狙い《ゴールドディガー》の女なの。今夜、家に帰ったら、決着をつけるつもりよ。彼女かわたし、どちらかが引っ越すことになるわ」

「これはこれは」ジョニーは陽気な声で言った。「おれを巡って二人の女が争うっていうのは、すごく久しぶりだ」

「別にあなたを争っているわけじゃないわ。あの女は男に言い寄らずにいられないのよ」

「あるいは男たちのほうが放っておかないとか」

ナンシーは鼻を鳴らした。「あのカーメラでさえもね。彼はきっかり二度アパートに訪ねてきたけど、そのときジェーンに誘惑されたのよ。彼女は水曜に二人で出かけたことをわたしが知らないと思ってるけど」ナンシーは言葉を切った。「あなた、ジェーンとデートの約束をしたの？」

「おれは飴色の髪が好みなんだ」

ナンシーはジョニーから身を引いて、彼の顔を覗き込んだ。ジョニーはにやりと笑った。この半時間の間にナンシーの顔に刻まれていた苛立ちが不意に消えていった。「わたし、やっぱりダブルデートは好きじゃないわ」

「了解。明日の夜は二人だけでダブルデートすることにしよう」

「それは普通のデートでしょ！」

二人はダンスフロアを半周した。ナンシーはジョニーにぴったり身を寄せて踊っていた。それから再び探るようにジョニーの顔を見た。

「誰に電話していたの？」

「ああ、ただの探偵社さ」

ジョニーはナンシーの身体が固くなるのを感じた。

「なんですって？」

「おれを尾行していた探偵社だよ。彼らを雇って、おれを尾行させている男をつけさせているんだ」

「あなたは誰が自分をつけさせているか、知っているというわけ？」

「もちろん。ウェンドランドという男だ」

「リンダ・タウナーの婚約者の？」ナンシーは叫んだ。

ジョニーはうなずいた。「知ってるのかい？」

「何度かオフィスに来たのよ――リンダと。あの男――わたしのことをじろじろ見ていたわ」

「見てただけかい？」

「いいえ、二週間前に来たときはもう少し図々しかったわ。わたしに夜はどうして過ごすのか尋ねてきたの。わたしはまったく相手にしなかったわ。デートも素直に申し込めない人なんて魅力ないもの。だから毎晩、教会に通ってるって言ってやったわ。そのときリンダが父親のオフィスから出てきて、それっきりよ」

「おれがフレディー・ウェンドランドを好きになれない理由の百八十四番目がそれだな。ところで、きみはカール・ケスラーがきみのおじさんだってことをおれに言わなかったね」

「訊かれなかったからよ。その件は秘密でもなんでもないもの。工場の人なら誰でも知ってるわ。今の仕事を世話してくれたのもおじよ。わたしの唯一の身内なの。母はわたしが四歳のときに死んで、それからはカールおじさんがわたしを育ててくれたのよ……。でも、どうしてウェンドランドはあなたを尾行させなきゃならないの?」

「それこそが、おれが彼を尾行させている理由だよ。わけを知りたいんだ。あの男には昨日会ったばかりなんだから」

「ジョニー、わたしにはあなたという人がまるでわからないわ。あなたは昨日、工場で工員として働き始めたばかりなのよ。それなのに今日は、殺人事件に深く関わって、尾行されたり、ありとあらゆることがあなたの身に起こっている」

「他人のことに首を突っ込んでいると、こういう羽目に陥るんだな」ジョニーはしぶい顔で言った。

「だったら、どうしておとなしくしていないの?」

「できないんだよ。おれにとってはこいつは病みたいなものだ」ジョニーは身震いした。「ほら、きみのおじさんや職工長のハル・ジョンソンを例に考えてみよう。彼らは他人事にはいっさい干渉せず、三十九年間ずっと、ひとつの工場で働いてきた」

「それのどこが悪いの?」

「何も悪くはないさ。彼らにとってはね。だが、おれの場合はそうはいかないんだな。ひとつ所に一週間もいたら、それ以上とても我慢できなくなる」

「あなたがタウナー皮革会社《レザー・カンパニー》に来て二日になるわ。つまり、もう五日もすると、いなくなってしまうというわけ?」

「きみにひとつ秘密を打ち明けるが、こういう仕事に就くのはガキの時分以来初めてなんだ。いや、おれだってときには必死に働くこともある。しかし、人に雇われることはしない。実はおれは本のセールスマンでね。本のセールスにかけては世界一なんだ」

「だったら、どうして今は本を売っていないの?」

「ちょっとばかり運が悪くてね。いや、運が悪かったのは別のやつなんだが。おれに本を卸してくれる出版社の人間が保安官に事務所から締め出されてしまったんだ。それで、いっさい本を送ってもらえなくなって――」

「どこか別のところから都合できないの?」

「支払う金がありさえすればね」

「でも、あなたは自分で世界一の本のセールスマンだと言ったじゃないの。そんなに優秀なら、本を仕入れるお金だってたっぷり持っているはずでしょ?」

「さあ、そこがジョニー・フレッチャーの困ったところさ。おれは金を手に入れると、働かなくなってしまうんだ。そりゃ、努力はしたよ。一年間、一生懸命に働いた。アメリカ大統領だってかなわないほどの大金を稼いだんだ。ところがその年の終わりには振り出しに戻ってしまった。無一文だ。つまり、この国にはナイトクラブだの競馬だのさいころ賭博《クラップゲーム》だのを仕切る連中がいて、おれみたいなのは常にやつらの餌食に……」

演奏が止み、ジョニーはナンシーから離れた。「たとえば、シカゴにはナイトクラブがある。そしてジョニー・フレッチャーは今、そのシカゴにいる。しかもポケットには百ドル札が二枚ある。となれば――さあ、行くぞ！」

サムがジョニーの姿を見つけてやって来た。「ジョニー、あのカーメラの野郎が仲間とダンスを抜けたぞ。今、階下《した》で待ち伏せしてるが……」

「仲間は何人だ？」

「二人だ」

「しつこいやつらだな」

ジェーン・バラードがカール・ケスラーとともに近づいてきた。

「スラム見物はじゅうぶんにした？」

「もう一回だけ電話をかけなきゃならない」ジョニーは言った。「そしたら出発だ。ダンスを始めちゃだめだぞ。一分で戻るから」

ジョニーはナンシーにほほえみかけ、サムに向かってうなずくと、バーに足を向けた。

電話ボックスの中で、ジョニーはウィギンズ探偵社の番号を回した。「ウィギンズだが」と探偵が話し始めるのをジョニーはさえぎった。

「ウェンドランドは今夜、どこにいる？」

「ウェンドランドか。それを教えるわけには――」

「黙れ！」ジョニーは怒鳴った。「彼が今、どこにいるか知りたい。あんたの部下がおれを尾行しているんだ、ウェンドランドは報告を聞くために電話をかけてくるはずだ」

「しかしだな、ミスター・フレッチャー」ウィギンズは抵抗した。「おれの立場として――」

「ウェンドランドはどこだ」ジョニーはうなった。

「〈シェ・ホーガン〉だ」ウィギンズは早口で答えた。「ほんの数分前にそこから電話をかけてきた」

「やつになんと言った？」

「あんたはクライボーン通りのダンスホールにいるとだけ」

「わかった」ジョニーはそっけなく言った。「おれは〈シェ・ホーガン〉に行く。だが、その前にはっきりさせておきたいことがある。ハリー・タウナーの最初の結婚についてだが――父親が無効にしたという……その日付はわかるか？」

「ちょうどここにある。ちょっと待ってくれ。ああ、あった、一九二一年十月十六日、それが婚姻無効宣告の……」

「で、再婚したのはいつだ？」

「うむ、待てよ。一九二二年一月だ。しかし、どうしてそんなことを――」

「気にするな。あとひとつだけ、あんたから話を聞いて以来、引っかかっていることがある。あんたはアル・パイパーの家は持ち家で、その価値は一万五千ドルから一万八千ドルだと言った」

「ざっとな。うちの探偵の見積もりでは……」

「だいたいのところでけっこうだ。なんだって彼は自分の家なんて買えたんだ？　週給三十六だか三十八ドルの男がそんな値の張るものを」

「おやおや、あんたはとうに知っているものと思ってたよ、ミスター・フレッチャー。パイパーには副業があった――マーコ・マックスウェルって胴元の下で賭け屋をしていたんだ。当たろうが外れようが、五パーセントの手数料を取る」

ジョニーはうめいた。「どうして誰もそういうことを教えてくれないんだ！」

「警察の連中は昨日には知っていた。あんたの耳にも入っているとばかり……」

「聞いてない。他におれが知っておくべきことは？」

「アル・パイパーについてか？　パイパーと例のイタリア人、カーメラとかいう名前の若造が何を言い争っていたかだが。カーメラが賭け屋を始めて、パイパーはそれに腹を立てたというわけさ」

「なるほどね。まだ他におれが知るべきなのに知らない、ちょっとした大切なことはあるのか？」

「誰に関してだ？」

「パイパー殺しに関係するやつなら誰でも」

「あの件に関係するやつというのは誰なんだ？」

「タウナーの工場で働いているすべての人間だよ」

「そいつはあんたからもらっている調査費のうちには――」

「ちぇっ」ジョニーはさえぎった。「もうけっこうだ」彼は受話器を乱暴に戻すと、電話ボックスを出て、バーに向かった。

サムと女たちが出口で待っていた。ナンシーは近づいてきたジョニーの顔を訝しげに見つめたが、何も言わなかった。

四人は階段を降り始めた。半分ほど降りたところでジョニーが言った。

「カーメラのやつ、痛い目を見て少しは利口になったようだな」

階段の下に、カーメラが二人のピンストライプ男を引き連れて立っていた。サムが深く息を吸った。

「ここはおれにまかせてくれ、ジョニー」彼はジョニーの前に立った。

「やあ、おまえたち」階段を急ぎ足で降りながら、サムはカーメラとその仲間に声をかけた。

「よう、来やがったな、猿公《えてこう》」カーメラが言い返しながら、後退した。その動きで彼ら三人はVの字の形になった。カーメラが奥、通路の両側にいる若造二人が両端だ。

サムは不敵な笑みを浮かべ、Vの字に踏み込んでいった。二人の若造がすばやく詰め寄ってきて、サムの腕をそれぞれ両手でつかんだ。サムはくすくすと笑った。「おまえら、ふざけてるのか？」

「これが冗談かどうか、見てろ」カーメラはサムに向かって勢いよく拳を振り上げた。その拳は本来ならサムの顔面に命中するはずだったが、彼がひょいと屈んだため、頭に当たった。カーメラは悲鳴を上げ、傷ついた手を振り回しながら、後ずさった。サムは間髪を入れず両腕を自分の身体の前で合わせた。二人の若造は引っぱられてつんのめった。サムは彼らの手から腕を引き抜くと、それぞれの頭をぐいと引き寄せ、思い切り強くぶつけた。叫び声を上げて痛がる男たちをサムが押しのけた。男たちのうちひとりは両膝をついて両手で頭を抱えた。もうひとりは壁に向かってよろけて跳ね返り、床にうつ伏せにのびてしまった。

女たちとともに階段を降りてきたジョニーは彼女たちの腕をつかんだ。「足元に気をつけろよ、お嬢さん方」

よろけながら後ずさるカーメラをサムが追った。「おまえにも礼をさせてもらうぜ、ラテン野郎」

「やめて！」ナンシー・ミラーが叫んだ。「その人をぶたないで」

サムはこの訴えに驚き、振り返った。するとカーメラは尻ポケットから革張りの棍棒《ブラックジャック》を取り出した。そして前に飛び出し、棍棒を頭上高く振りかざした。ジョニーは大声でサムに危険を知らせた。

「サム――屈め！」

サムはくるりとカーメラに向き直ったが、遅過ぎた。棍棒はサムの頭部、ちょうど額の位置を直撃した。ドシンという、胸の悪くなるような鈍い音がした。

サムは苦悶のうめき声を上げながら、後ろによろめいた。カーメラが再び棍棒を振り上げた。サムは身を屈め、手探りでカーメラのシャツをつかんだ。しかし、イタリア人をとめることはできなかった。再びカーメラの棍棒が振り下ろされ、サムは床に両膝をついた。手にはカーメラの破れたシャツの切れ端を握ったままだった。

ジョニーは加勢のために相棒の身体を跳び越えようとしたが、足が引っかかり、カーメラに真っ向から突っ込んでいった。カーメラは後ろによろけた。ジョニーがカーメラの脚にしがみつき、転ばせようとしたそのとき——そのとき頭に雷が落ち、全身を貫いた。続いて漆黒の闇が広がった。

第十九章

でこぼこ道を走る車の揺れが、ジョニーの身体を絶え間なく痛めつけた。彼はうめき声を上げ、両手を振り回した。次の瞬間とりわけ強い衝撃を受け、叫ばずにいられなかった。

「やめろ」ジョニーはあえぎながら身を起こした。しかし足で顔を踏まれ、絨毯敷きの床に押し戻された。

「うるせえ！」がさつな怒鳴り声がした。

突然、ジョニーは完全に意識を取り戻した。彼はリムジンの前部座席と後部座席の間の床にほとんど二つ折りになった状態で転がされていた。後部座席に座る二人の男が彼の身体を無造作に踏みつけている。

「おれの腹からその足をどけろ」ジョニーは言った。

その言葉はかえって逆効果だった。ジョニーはかかとで腹を蹴られ、別の足で横腹を蹴られた。

「最後まで大口を叩くがいい」ジョニーをあざける声がした。カーメラ・ヴィタリの声だった。

痛む頭で事態の重要性を理解するに及び、ジョニーは一瞬、言葉を失った。やがて彼は低い声で尋ねた。「サム・クラッグはどこだ?」

「病院だろ、知ったことじゃないが」カーメラが意地悪く言った。「やつまで連れてくる必要はないと思ったんでね」

　ジョニーは密かにうめいた。最後にサムの姿を見たとき、彼は棍棒で派手に二発も殴られ、両膝をついていた。ジョニー自身は一発食らっただけで意識を失ってしまった。大丈夫だ、きっとサムは病院にいる。しかし自分は……。

「どこを走っているんだ？」

「当ててみな」別の声が言った。

「かなり田舎だろう」

「利口なやつだ」カーメラが言った。「外を見もしないのに言い当てるとはな」

「これまで一度も街灯のそばを通り過ぎていない。それに、でこぼこだが舗装した道を走っているわりには一度も信号待ちをしていないし、路面電車の軌道も渡っていない。間違いなく田舎だ」

「当たりだ、フレッチャー、まさに大当たり。まあ、あと数分もすれば、当たったところでなんの役にも立たないことがわかるだろうがな。実際、これほどお誂え向きの場所は他に……ルイジ！」

「なんだ、カーメラ」運転席に座った男が答えた。

「車を停めろ」

　ブレーキの軋る音がして、車が揺れながら停まった。ジョニーの身体が踏みつけられ、蹴られたあと、左側のドアが開いた。カーメラが車を降りた。

「出てこい、フレッチャー」

　ジョニーは寝返りを打ち、四つん這いになって車から這い出た。最後はカーメラにコートの襟首をつかまれ、引きずり出された。そして砂利だらけの路肩に振り落とされた。またも蹴られ、彼はのろのろと立ち上がった。その頃には他の二人も車から降りていたので、計三人がジョニーに向き合った。ジョニーの頭はずきずきと痛み、全身あざだらけでどこもかしこも痛んだが、今の危機的状況を考えると、しゃんと立って用心せずにいられなかった。

「なあ、ちょっと待てよ、カーメラ。おれはいくらか金を持っている……」

「持っていたと言うべきだな。今のおまえは一セントだって……」

「もっと手に入れられる」

「シカゴではもう無理だ。なぜって、おれたちがおまえを徹底的にとっちめて、シカゴには戻れないようにしてやるからだ。おまえは他人事に首を突っ込み過ぎたんだよ。おまえには苛々させられっぱなしだった。そしておれは誰かに苛々させられるとな……」

カーメラはみなまで言わず、振り上げた拳でジョニーの顔を殴った。ジョニーは瞬時に背を丸め、正面からの一撃をかわした。そしてすばやく両膝をつき、地面に顔をつけた。

「立て！」カーメラが怒鳴った。「これからが本番だ」彼はジョニーの脇腹に爪先をあて、引っくり返して仰向けにした。浅黒い若造のうちのひとりが屈んでジョニーのコートの襟をつかみ、膝立ちにさせた。ジョニーは依然として全身の力を抜いていた。

拳がジョニーの顔にめり込んだ。ジョニーはうめき声を押し殺し、ぐいと動いて拳から逃れ、仰向けに倒れた。そしてできる限り腕で頭をかばいながら、うつ伏せに転がった。

男たちは再びジョニーの身体を引きずり上げた。ジョニーは雨霰と降り注ぐ野蛮な殴打に耐え、ぴくりとも動かずにいた。ついに彼らはジョニーを放り出し、何回か蹴りつけたあと、彼が本当に意識を失ったと思い込み、車に乗り込んだ。

車は発進し、少し先まで走るとそこで向きを変え、戻ってきた。ヘッドライトが左側の路肩に横たわるジョニーの姿をとらえた。車が進路をそれ、自分めがけて走ってきているときに、動かずにじっとしているには相当な意志の力が必要だった。しかし最後の瞬間、運転手は右に急ハンドルを切り、車は轟音を立てて走り去った。

ジョニーは車の音が遠ざかるまで待った。それから気力を振り絞って起き上がり、膝立ちになった。長い間そのままの姿勢でいたあと、ようやく立ち上がることができた。それから辺りを見回すと、自分が木立の迫る路上にいることがわかった。満月が道を明るく照らしているが、人家は影も形もなかった。いや、待てよ……右前方の空に明かりが見える。町があるに違いない。

ジョニーは歩き始めた。百ヤードほど歩いたとき、一台の車が後方から近づいてきた。彼はすばやく舗道を離れて路肩に寄り、浅い溝を這って進み、その向こうの木立に身を隠した。

ヘッドライトの眩い光とともに車は音を立てて通り過ぎた。テールライトが見えなくなるのを待ち、ジョニーは木立から出てきた。

一マイルほど歩くと、交差点に突き当たった。交差する舗装道路は彼が歩いてきた道よりいくぶん幅が広い。遥か彼方に明かりが瞬いていた。ジョニーはその道に方向を変えた。

少なくとも一マイルは歩いた頃、初めて街灯が目に入った。別の街灯が百ヤード先に見える。十分ほど歩いたところに道路標識があった。〝これより、ヒルクレスト〟

ヒルクレスト！　その名前には聞き覚えがあった。もちろん――それはハリー・タウナーの屋敷のある場所だ。ジョニーはぐずぐずせずに町に入った。通り過ぎたのは閉店後のガソリンスタンド、数軒の民家、それから店が一軒と、やはり閉店後のガソリンスタンドが二軒。しかし今や車の往来もあり、別のブロックまで歩くと終夜営業のガソリンスタンドの明かりが見えてきた。

　ガソリンスタンドでは店員がホースで車道に水を撒いていた。背後の明かりのついた事務所の中に壁時計が見えた。午前一時十五分。店員はジョニーが近づいてくるのを見ていた。

「ハリー・タウナーの屋敷を探しているんだが」ジョニーは言った。「彼がどこに住んでいるか、知っているかい？」

　店員はうさん臭げにジョニーを見た。「ご冗談でしょ」

「いや、冗談じゃない。この先で事故に遭ったものだから、ぼくがひどい有様に見えるのは承知している。しかし、どうしてもハリー・タウナーの屋敷に行かなきゃならないんだ」

「真夜中のこんな時間に？」

「真夜中のこんな時間に」

　店員は肩をすくめた。「町の真ん中をまっすぐ三マイル行って、右折して一マイル、それから左折して約半マイル。大きな石壁と鉄の門があります。門にはアーチが掛かっていて、〈五つの丘《フォイブ・ノールズ》〉の文字がある。そこがお尋ねの場所ですよ」

「ほぼ五マイルか！」ジョニーは思わず叫んだ。「とてもそんな遠くまでは歩けない」

「ろくな結果にはならんでしょうね」店員は言った。

「ここには電話があるかい？」

「事務所に公衆電話がありますよ」

　ジョニーはポケットを探った。カーメラの言葉は本当だった。ポケットに入っていた札もコインもすべて奪われていた。紙切れ一枚すらない。ハンカチまで消えていた。

「五セント玉の持ち合わせがない」ジョニーは言った。「ものは相談だが――」

「お断りだ」店員は言った。「おれは労働者だ。浮浪者に金を恵む余裕はないね」

「おれは浮浪者じゃない。強盗に車をとめられて、身ぐるみ剝がされたんだ」

「強盗ならおれも遭った、先週」店員は言い返した。「それが驚くじゃないか、保証会社にひどい目にあわされた。おれが現金をくすねたと疑ったらしい」

「五セントだ」ジョニーは言った。「それであんたが破産するわけじゃないだろう。おれはハリー・タウナーに電話をかけたいんだ。そうすれば彼が迎えの車を寄こしてくれる」

「ほほう！」店員はあざけった。「午前一時半に車を寄こすなんて、彼がそんなことするわけないだろう。ここはおれが生まれ育った町で、ハリー・タウナーについてはいろいろ知っている。彼はガソリンをトラックから買って、タンク二つ分、敷地に置いているんだ。そうやって一ガロンにつき五セントを節約しているんだ」

「おれはタウナーのもとで働いている」ジョニーは食い下がった。「彼のシカゴの革工場で。つい昨日、販売部長の職はどうかと提案されたばかりだ」

「へえ、販売部長か。そのわりには今の交渉はお粗末だな。あんたはおれから五セント玉ひとつ巻き上げられないじゃないか。おれが何を考えているか、わかるか？　あんたの顔は血だらけで、服はずたずただ。おおかた、貨物列車にもぐり込んだのが見つかって、放り出されたってとこだろう」

「わかった、もういい！」ジョニーはそう怒鳴ると、踵を返して歩き始めた。二十フィートほど歩いたとき、店員が後ろから大声で叫んだ。「おおい、戻ってこい、五セントやるから」

ジョニーは振り返り、歩いて戻った。そして店員が差し出した五セント硬貨を受け取ると、事務所に向かった。店員もついてきた。

「もしあんたの話が本当なら、ヒルクレストの一二三四番に電話するといい。地元のタクシー会社だ。タウナーの屋敷に着いたら、そこで料金を払ってもらえばいいだろう」

ジョニーは受話器をはずし、しばらくためらったあと、投入口に五セント硬貨を入れた。

五分後、ガソリンスタンドに黄色いタクシーが到着した。ジョニーは乗り込むと、ガソリンスタンドの店員に手を振り、革張りの背にもたれかかった。「〈五つの丘《ファイブ・ノールズ》〉へ」運転手に告げた。「ハリー・タウナーの屋敷だ」

運転手は驚いて振り返った。「この真夜中に――その身なりで?」

「交通事故に遭ったんだよ」ジョニーは言った。

運転手は当惑顔で何事かつぶやき、前を向いた。タクシーは勢いよくガソリンスタンドを出た。村を走り抜け、その先の田舎道に向かい、数分後、装飾的な鉄製の門の前に停まった。頭上のアーチには〈五つの丘《ファイブ・ノールズ》〉の文字があった。

運転手が車から降り、回り込んできてジョニーのためにドアを開けた。「二ドル七十五セントです」

「五マイルの値段にしては法外だな」ジョニーは不平を言った。

「深夜料金でして――それに戻りの分もあるんで」

ジョニーは門を指さした。「ベルを鳴らしてもらえるかな」

「どうして?」

「言いづらいんだが、手元に一文もないんだ」

運転手は前に戻って助手席のドアを開け、大きなスパナを取り出した。「いいだろう。料金は取りはぐれるとしても、少なくとも満足はできる。刑務所に行こうじゃないか」

ジョニーはタクシーを回り込んで後方の大きな鉄門に向かった。門の脇に呼び鈴があるのを見つけ、長めに強く押した。

「五分くれないか」ジョニーは運転手に言った。運転手は手にしたスパナでいつでも殴りかかれるように身構えている。「もし料金を払えなかったら、おとなしくあんたについていくから」

ジョニーは再び呼び鈴を押した。門のすぐ内側に門番小屋があり、間もなく明かりが灯った。ジョニーは三度《みたび》、呼び鈴を鳴らした。ドアが開き、肌着とズボン姿の男が現れた。「どなたさまですか?」男が問いかけた。

「ミスター・ハリー・タウナーに会いたい」

「お名前は?」

「フレッチャーだ」

門番の男は首を振った。「ミスター・タウナーから、真夜中にフレッチャーというお名前の方が訪ねていらっしゃるとは伺っておりません」

「彼はおれが訪ねてくることを知らないんだ」

「でしたら、申し訳ないですが、朝までお待ちください」

「もしきみがおれを朝まで待たせたりしたら」ジョニーは険しい口調で言った。「きみはたちまちクビになるぞ。これは生死に関わる問題なんだ。屋敷に電話して、ミスター・タウナーに、ジョニー・フレッチャーが工場の殺人事件に関する重要な情報を持ってきたと伝えるんだ」

「殺人事件ですって!」門番は叫んだ。

「すぐに言われたとおりにしたまえ」

門番はいささかためらったのち、ドアを開け放したまま、小屋の中に戻った。ジョニーが見ていると、門番は壁掛け電話のところに向かい、受話器を取って一瞬待った。それからボタンを押した。そして長いこと待ったあと、受話器に向かって話しかけ、待ち、再び話しかけた。最後に電話を切り、小屋から出てきた。

門番は門までもたもた歩いてくると、錠をはずし、ほんの少しだけ門を開けた。「ミスター・タウナーのお言葉をそのままお伝えすると、『会おう、ただし、本当に重要な用事でなかったら承知しないからな』とのことです」

「重要に決まってる」ジョニーは言った。「さあ、このタクシー運転手に五ドル払ってやってくれ」

「なぜわたしが?」門番は悲鳴を上げた。

「このおれを見てくれ」ジョニーは厳めしく言った。「ここに来る途中で待ち伏せされて、金を奪われたんだ。ポケットには五セント玉ひとつありゃしない。だから五ドル払ってやってくれ。その分は朝になったらミスター・タウナーが返してくれるから」彼はタクシー運転手を振り返った。「あんたもこれでいいだろう?」

運転手はスパナを持った手を下ろした。「ああ、いいとも……。ここで待ってるかね?」

「いや、その必要はない。今夜はここに泊まることになるだろうから」

ジョニーはうなずくと、門の開いた隙間から足を踏み入れ、曲がりくねった私道を歩き始めた。巨大な影と化した屋敷は、門から百ヤード以上も先にあった。

まず階上の明かりがつき、ジョニーが近くまで来ると、階下の明かりがついた。玄関にたどり着くと、ドアはすでに開いていて、バスローブ姿の使用人が彼を出迎えた。

「ミスター・フレッチャーですね。ミスター・タウナーが図書室でお待ちです」

ジョニーは中に入り、執事について広々とした玄関ホールを抜け、奥の部屋に向かった。それは途方もなく大きな部屋で、棚には数千冊の本が並んでいた。そのほとんどが革張りだが、どれも装丁されたその日から一度として手に取られている様子はなかった。

ハリー・タウナーは火のついていない葉巻をくわえながら、重厚なチーク材のデスクの前を行きつ戻りつしていた。ジョニーが部屋に入ってくると、彼は足をとめた。

「いったい、何があったんだ？」ジョニーの様子に気づき、ハリー・タウナーは大声を上げた。

「車で連れ出されて半殺しの目にあいましてね」ジョニーは言った。「そのあと路上に置き去りにされたんです」

タウナーは驚いて目を見張った。「誰の仕業だ？」

「カーメラ・ヴィタリという名前の男で……」

「警察の尋問を受けたイタリア人か？」

「ええ」

タウナーはくるりと振り返り、デスクから電話を取り上げた。

「待ってください」ジョニーは急いで言った。「警察は呼ばないでください。やつにはおれは死んだものと思わせておいて、明日になったら取り押さえてやります」

「だったら、せめて医者を呼ばせてくれ。ひどい有様だぞ、フレッチャー」

「骨一本折れちゃいませんよ。見かけほど痛みはないんです」それは嘘だった。「ただ、熱いシャワーを浴びて、ひと眠りしたいんですが」

「セドリック！」タウナーが大声で呼んだ。バスローブ姿の執事がすぐさま図書室に入ってきた。「ミスター・フレッチャーを部屋に案内してくれ。熱い風呂を用意して、他にもできる限りの世話をしてやるように」

「どうも」ジョニーは顔をしかめて言った。彼は執事について部屋を出て、階段を上がり、絨毯敷きの広い廊下を歩いていった。

執事がドアを開けて明かりをつけた寝室は、ノースウェスタン駅の広さの半分はあった。バスルームは平均的な二間続きのアパートと同じぐらい大きく、正方形の浴槽はその中で軍艦の演習ができそうだった。ジョニーがなんとか服を脱いでいる間に、執事が浴槽に熱い湯を張ってくれた。

「あとは自分でやるよ」ジョニーは言った。「お世話さま」

「かしこまりました」執事は言った。「手当をなさるのでしたら――その、包帯など――洗面台の棚にありますので」

ジョニーは十五分ほど浴槽に浸かり、湯から上がって身体を拭いたあと、裸のまま巨大なベッドにもぐり込んだ。明かりがついたままなのも気にならなかった。

第二十章

ジョニーが傷の痛みで目覚めたのと同時に、寝室のドアを叩く音がした。「どうぞ」

ドアが開き、エリオット・タウナーが入ってきた。「ぼくたちは三十分後に車で出社するんだが」彼はベッドに近づきながら言った。「きみが一緒に行ける状態かどうか見てくるように父に言われてね」

「行けるとも。その前に腹ごしらえができれば」ジョニーは布団をはねのけ、ベッドから勢いよく出たが、そのとたん満身の痛みに襲われて顔をしかめた。

エリオットはベッド脇の床に脱ぎ捨てられた、裂けて汚れたスーツに目を落とした。「ぼくのスーツを着るといい。同じような背格好だから」

「それはそれは」ジョニーは大げさに叫んだ。「ご親切なことで」

エリオットが去ったあと、ジョニーはバスルームに入った。出てきたときにはベッドの上にスーツと清潔なシャツが並んでいた。ジョニーはそれらを身につけ、部屋を出た。

一階に降りると、メイドがジョニーを朝食の間に案内した。そこではタウナー一家、すなわち、レザー・デューク、リンダ、エリオットがテーブルにつき、朝食をとっていた。

「気分はどうだね？」ハリー・タウナーが尋ねた。

ジョニーはうなずいた。「大丈夫です。おはよう、ミス・タウナー」

「ちょうど今、あなたの昨夜の話を聞いていたところよ、ジョニー」リンダが言った。「でもあなたは嘘つきだわ。見かけも中身も全然大丈夫じゃないでしょう。まるで濡れねずみだもの」

苦笑したジョニーはサイドボードに置かれた電話を目にすると、そこまで歩いていき、「交換手《オペレーター》」送話口に向かって呼びかけた。「シカゴの〈レイクサイド・アスレティック・クラブ〉を頼む」彼は送話口を手で押さえて言った。「すみません、相棒のサム・クラッグのことが心配なもので。昨夜、はぐれたきりなんです」

交換手が耳元で言った。「〈レイクサイド・アスレティック・クラブ〉にお繋ぎしました」

「スイートの六一二号室」ジョニーは言った。「ミスター・クラッグを」

三十秒ほど待ったあと、声が聞こえた。「あいにくですが、ミスター・クラッグはお出になりません」

「それじゃ、続き部屋の六一四号室を」

「そちらにもおかけしました。ご伝言をお預かりしますか?」

ジョニーは電話を切った。「サムの身に何かあったようです」

「それは二百ポンドの樽を持ち上げる男のことかね?」レザー・デュークが尋ねた。「彼の身に何が起きたというのだ?」

「わかりません。しかし、おれが最後にサムを見たとき、あいつは膝をついた格好で、そこに男が棍棒で殴りかかり……」

タウナー家の全員がぎょっとしてジョニーを見た。彼は深く息を吸った。「お宅の工場の電話交換手が目撃しているんですよ、ミスター・タウナー。名前はナンシー・ミラーといって……」

ジョニーはすばやくエリオット・タウナーに視線を移した。

エリオットはアヒルの卵でも飲み込めそうなほど大きく口を開けていた。

「フレッチャー」レザー・デュークが言った。「とにかく朝食をとりなさい。そのあと車で工場に行き、このごたごたを片付けよう。どうやら工場の何人かが失業することになりそうだな」

「ちょっと待ってください」エリオットが抗議した。「そんなふうにあっさり人をクビにすることはできませんよ」彼はジョニーに険しい目を向けた。「どこの馬の骨とも知れない男の非難を真に受けて」

「非難?」ジョニーは聞き咎めた。「おれは誰も非難なんかしてませんよ」

「たった今、言ったじゃないか。少なくとも、そうほのめかした。その女、名前はなんだったか――ナンシー・ミルトンか?――彼女が関わっていると」

「ミラーですよ」ジョニーは言った。「M、i、l、l、e、r。一昨日の夜、クラブにあなたあてに電話をかけてきたのと同じ女です」

「なんだって?」エリオットは叫んだ。

「自分は誰がアル・パイパーを殺したか知っていると、あなたに話した女ですよ」

エリオット・タウナーは椅子を蹴倒す勢いで立ち上がった。その表情はまさに驚愕そのものだった。

ハリー・タウナーが拳でテーブルを叩いた。

「これはどういうことだ、エリオット?」

「この男は嘘をついているんです」エリオットはしゃがれた声で叫んだ。「ぼくは――ぼくには彼が何を話しているのかわかりません」

「ナンシー・ミラーですよ」ジョニーは言った。「彼女は〈レイクサイド・アスレティック・クラブ〉のあなたあてに、ひと晩で八回も電話をかけてきた。あなたはクラブにいたが、電話に応じようとしなかった。そこで彼女はクラブに入り込み、あなたの部屋に押しかけようとした。ロビーで阻止されましたがね。その後、彼女は再び電話をかけてきて――その電話はクラブの交換手のミスであなたに繋がってしまった……」

エリオットの表情は驚愕から完全なる恐怖に変わった。

「フレッチャー」彼はくぐもった声で言った。「きみには――きみには散々我慢してきたが……」

「エリオット」レザー・デュークが断固とした口調で言った。「おまえの口から直接聞きたい――イエスかノーで答えろ。その女はクラブにいたおまえに電話をかけてきたのか？」

エリオットはとっさにテーブルから離れたが、足がもつれて、結局、椅子に手を伸ばして身体を支えなければならなかった。

「返事は！」ハリー・タウナーが怒鳴った。

「イ、イエス」

突然、リンダ・タウナーが割って入った。「ちょっと待ってよ、お父さん」そして彼女はエリオットに向き直った。「あなたはナンシーを愛しているんでしょ？」

「まさか！」エリオットは叫んだ。

「でも、彼女と付き合ってはいるのね？」リンダは口をつぐんで兄が否定するのを待ったが、返事がなかったので先を続けた。「彼女に脅迫されているんじゃない？」

エリオットは相当な努力を払って平静を取り戻した。彼は苦々しげにジョニーを一瞥すると、部屋から出ていこうとした。ハリー・タウナーが椅子を引いた。「エリオット」轟くような声だった。「本当のことを言え」

「すみません、お父さん」エリオットは頑なだった。「お話しできないんです……」そう言ったときにはもう部屋を出ていた。

ハリー・タウナーは開け放たれた戸口をにらみつけていたが、不意に振り返り、不機嫌な表情でジョニーを見た。「きみは真相を知っているのか?」

「いいえ」ジョニーは言った。「何ひとつ、つかめてません」

「しかし、エリオットがその女と関わっているのは事実なんだろう?」

「ええ、ある程度までは」

「きみの発言にはいくつか正確な点があった――ひと晩で八回の電話か。どうやってその情報を手に入れた?」

「あなたのお金をいくらか使ってですよ、ミスター・タウナー。それと、詮索好きな性格のおかげかな」

「その点にかけては確かにきみは秀でている」タウナーの口調は辛辣だった。「昨日の朝、きみは頬骨をはらしていた。今朝は産みの親ですら見分けがつかないような顔をしている。明日はどうなっているこことやら、興味津々だ」

「今よりひどくはなりませんよ」ジョニーは言った。「この件は今日にも片をつけるつもりですから」そして皮肉っぽく付け加えた。「是が非でも。これ以上殴られたらたまりませんからね。もう一回だけ電話をかけさせてください……」

「きみが電話をしている間に、わたしは支度をしてくる」ハリー・タウナーは居間を出ていき、ジョニーは再び電話に向かった。

ジョニーは交換手にウィギンズ探偵社の番号を告げ、部屋に残っているリンダ・タウナーの姿を電話越しに眺めた。

ウィギンズが電話に出た。「ウィギンズ探偵社ですが」息を切らしたような声がした。

「あんたは昨夜、おれに尾行をつけてたんじゃないのか?」ジョニーは嚙みついた。「ベグリーの尾行の腕は業界一だと自慢してただろうが――」

「ミスター・フレッチャーか!」ウィギンズが叫んだ。「どんな具合だ?」

「最悪だよ!」

「その件についちゃ、すまなかった、ミスター・フレッチャー。昨夜、ベグリーはあのごろつきどもがあんたを襲うのを見て警察に電話しにいったんだ。だが戻ったときにはあんたはもういなかった……。そこでベグリーはあんたの相棒のサム・クラッジを尾行したんだが……」

「サムはどうなった?」

「どうもしない。殴られて数分間のびていたらしいが、誰かが水をぶっかけたら起き上がったそうだ」

「でも、あいつは昨夜、帰らなかったんだ。たった今、クラブに電話したばかりだが、あいつはいなかった」

「そりゃ、そうだろうな。つまり、その、彼はアパートで一夜を過ごしたんだから。ええと、アーミテージの……」

「なんだと？」ジョニーは叫んだ。それから急にくすくすと笑い出した。「こいつは驚いた」

「実を言うと、彼はほんの三十分前にアパートを出たばかりでね。今はタウナー皮革会社《レザー・カンパニー》の工場にいて、うちの探偵が外で張っている」

「わかった。一時間以内におれも工場に行く」

「そうか。ところでミスター・フレッチャー、あんたに情報があるんだ」

「誰についての？」

「イタリア名前の、カーメラという男のだ……」

「いい情報だとうれしいんだがな」ジョニーはそっけなく言った。

「ああ、かなりいい話だ。いや、悪い話って意味だが。一昨日、つまり革工場で事件が起きた日、カーメラは淡い茶色の作業シャツを着ていたらしい。そのシャツが、カーメラの住まいの裏のゴミ入れの底に捨てられていた。うちの探偵が発見したんだが、それには血の染みがついていて……」

「人間の血か？」ジョニーは叫んだ。

「おれの目で見る限りはな。実を言うと、そのシャツは今、うちのオフィスにある。死んだ男についてはいくつか興味深い情報があった。この六年間の彼の給料はおよそ週に三十八ドル五十セント。それなのに、週に平均百ドルは貯金していた。これは極めて暗示的ではないかな、ミスター・フレッチャー。革工場には約六百人の従業員がいるが、そのうち馬に賭けるやつは五パーセントにも満たないだろう……」

「違うね」ジョニーは言った。「五十パーセントのほうがまだ正解に近い。他には？」

「ミスター・タウナーの経歴を少々」

「教えてくれ――とにかく目立つやつを」

「これはかなり中傷的なもので、実際、まさにその理由により、ただの一度も記事にはなっていない。うちの探偵はその情報を〈スター〉紙の資料保管室の管理人で、若い頃そこの記者をしていた老人から得た。それはだな、亡くなったミセス・タウナーに関することだ」

「一番目のか？　それとも二番目の？」

「二番目だ。最初の妻がミセス・タウナーとして言及されたことは一度もない。実際、新聞雑誌に関する限り、ミセス・タウナーというのは常にひとりだけなんだ」

「わかった。要点を教えてくれ」

「よかろう。さっきも言ったように、これはかなり中傷的な内容で、今となっては真偽のほどを確かめるのはほぼ不可能だ」

「要点を言えったら、ウィギンズ！」

「話そうとしているじゃないか、フレッチャー。結婚して間もなく、ミセス・タウナーは外国へ行った。ヨーロッパへ。彼女の子供はそこで生まれた。それがエリオットだ」

「で？」

「問題はそこなんだよ、ミスター・フレッチャー。彼女は一年後に子供を連れて帰国したが、その息子は、なんと言うのか、まあ、齢のわりには大きかったということだ」

ジョニーは再び電話越しにリンダ・タウナーをちらりと見た。彼女はむっつりした顔でテーブルに着き、スプーンでグレープフルーツをつついていた。ジョニーは思案顔でうなずいた。

「ありがとう、ウィギンズ。おれはこれから工場に向かう……ミスター・タウナーと一緒に」

ウィギンズはジョニーの鼓膜が破れそうな大声を出した。「つまり、彼の屋敷から電話しているってことか？」

「ああ、それじゃまた」

ジョニーは受話器を戻しかけ、それからまた耳元にあてた。ウィギンズが電話を切る音が聞こえ、続いてもうひとつ、電話を切る音が聞こえた。タウナー邸内の誰かが内線で盗み聞きしていたのだ。

ジョニーは電話を切って、ドアに向かった。リンダ・タウナーが椅子を引いた。「わたしも一緒にオフィスに行くわ」

「おれはかまわないけどね、リンダ」ジョニーはやんわりと言った。「フレディー・ウェンドランドが昨日一日、おれを尾行させていた理由を教えてくれるなら……」

「フレディーが？」

「ランチの行き帰りにおれたちをつけてきた探偵――あれはウェンドランドが雇ったんだ」

「そんなばかな！」リンダは叫んだ。「いったい、なんのためにフレディーがそんな真似を――」

「嫉妬じゃないか？」ジョニーが指摘すると、リンダは彼を見つめた。「きみは昨夜、ウェンドランドと〈シェ・ホーガン〉に行ったね？」

「ええ。でも……」リンダは訝しげにジョニーを見た。「どうして知っているの？」

「今、おれが電話で話していたのは、ウェンドランドが雇った探偵なんだよ。まあ、おれは彼にウェンドランド以上の金を払っているわけだが」

「それじゃ、あなたはフレディーを見張っているのね！」

「ささやかながら」

ハリー・タウナーがドア口に現れた。「支度はできたかね、フレッチャー」

「できてます」

「わたし、上着を取ってくるわ」リンダが叫んだ。「すぐに戻るから……」

リンダは父親の横を駆けていった。タウナーはその姿を見送った。「われわれと一緒に出かけるつもりですね」ジョニーが言った。

「感心しないな」

「おれはそのほうがいいと思います。この件にはフレッド・ウェンドランドが関わっていますから」

「あの役立たずが?」タウナーは鼻を鳴らした。「とうに大学を卒業したというのに、いつまでもぶらぶらして。もし彼が本当にわたしの義理の息子になったら、さっそくナッシュビルの皮なめし工場に送り込んでやる。そばをうろちょろされてはかなわんからな」

タウナーは部屋を出て歩き始めた。ジョニーがあとに続いた。彼らが玄関のドアに着く前に、ツイードの上着を手にしたリンダが小走りで追いついた。

屋敷の前の車回しに大きなリムジンが停まっていた。制服を着たお抱え運転手が後部座席の脇に立っている。

「エリオットはもう出かけたのか?」ハリー・タウナーが尋ねた。

「ほんの少し前に」運転手は答えた。「黄色のコンバーチブルを運転していかれました」

タウナーはうなった。「従業員の士気をくじくということがわからんのか、一時間半も遅刻してキャデラックで出勤するとは」

ハリー・タウナーはそう言って、リンカーン・コンチネンタルに乗り込んだ。

第二十一章

ハリー・タウナーと娘のリンダ、ジョニーがタウナー皮革会社《レザー・カンパニー》に到着したのは、九時半を少し回った頃だった。

電話交換台にいるナンシー・ミラーの顔は、普段より厚化粧なのにもかかわらず、青ざめて緊張して見えた。先頭を歩くハリー・タウナーは彼女にそっけなくうなずいただけだったが、リンダはやさしくほほえんだ。「おはよう、ナンシー」

ジョニーが言った。「やあ、お嬢さん、今朝もきれいだ」

ナンシーはジョニーをじっと見つめたが、何も言わなかった。

ジョニーは一階で待っていたエレベーターに向かい、五階に上がった。エレベーターを降りると、暇そうにぶらぶら歩きながら、月型芯部門、膠《にかわ》部門、そして成形機の間を通り抜け、仕分け部門の作業台までやって来た。

ハル・ジョンソンは仕分け係たちに背を向け、自分のデスクに寄りかかりながら、ぼんやりと成形機の列を眺めていた。

ジョニーのあざだらけの顔を見て、ジョンソンは目を丸くした。「今回はまた派手にやられたものだな」

「見事なもんでしょう」ジョニーは胸を張った。

「ジョニー！」サム・クラッグの声が響き渡った。通路を駆けてきたサムをジョニーが迎えた。サムは横滑りしながら立ち止まり、ジョニーの顔を見つめた。

「カーメラにやられたのか、ジョニー！　おれが目に物見せてやる」

「ぜひ頼むよ、サム」ジョニーはサムの全身を眺めた。「おまえは無傷みたいだな」

「おれか？　当然だろ、あんなのはなんでもないぜ。頭にちょっとしたこぶができただけだ。でも、ジェーンが……」サムは突然咳払いをして、ジョニーの向こうにいるジョンソンを見た。

「何もかもお見通しだよ、サム」ジョニーはにやにやしながら言った。「彼女たちのアパートに泊まったんだろう？」

「そうなんだよ、ジョニー。でも勘ぐりは無用だぜ。ジェーンにこぶに湿布を当ててあげるから家に来てって言われたんだ。それで、その、ええと、彼女は、もっと手当てが必要になった場合のためにおれを泊まらせたほうがいいと思ったんだな。おれは――おれは長椅子で寝たんだよ」

「なるほどな、サム、よかったじゃないか」

「だけど、おまえのことが心配で、おちおち眠れなかったよ、ジョニー」

「おれはデュークの屋敷に泊まったんだ」

ハル・ジョンソンが耳をそばだてた。「タウナー邸に泊まったって？　わたしは彼のもとで三十九年間働いているが、家など見たこともない。きみはハリー・タウナーと出会ってから二日と経っていないのに」

「しかしですね」ジョニーは言った。「タウナー家の料理はひどいもんですよ。つまり、朝食に何も出してくれなかったんです」彼は苦笑した。「デュークの友達でいるってのもなかなか骨が折れるんです。おれの身体も肋骨の二本は折れてるんじゃないかな」そして仕分け部門のほうをあごでさした。

「今朝はもうエリオットが出勤しているんですね」

「十分前に来た」ジョンソンが言った。

ジョニーは競馬狂のクリフ・ゴフに目をとめた。「ちょっと失礼」サムとジョンソンに断り、ジョニーはゴフのほうへ歩いていった。

競馬狂は月型芯を仕分けていた。月型芯を見てはいるが、目には入っていない。彼の心は遥か彼方の競馬場にあり、ピムリコのアーキャロやアーリントンのスコロンスキ、サンタアニタのロングデンらとともに馬を走らせているのだ（アーキャロ、スコロンスキ、ロングデンは当時の名騎手）。

ジョニーはゴフの肩を叩いた。ゴフは思わず叫び声を上げ、振り向いてジョニーを見た。

「二ドル賭けたい馬があるんだが」ジョニーは言った。「誰に金を渡せばいい？」

「そりゃ、アルさ」ゴフは反射的に答え、それから顔をしかめた。「アルは死んだんだっけ」

「彼にいくらか貸しがあったのか？」

「いや、おれのほうが借りてたんだ、十四ドル」

「なるほど。邪魔したな」ジョニーはそう言って、ジョンソンとサムのもとへ戻った。

「アル・パイパーは工場で賭け屋をしていたんです」

「誰がそんなことを言っているんだ？」ジョンソンは声を尖らせた。

「このおれです」ジョニーは言い返した。

「なんの話だかわからん」

「表向きはそうでしょう。でも、ここで工員が競馬賭博なんかしてたら、二日もしないうちに職工長に気づかれるに決まってますよ」

「わたしはその件については何ひとつ知らない」ジョンソンは言い張った。「どちらにしてもたいした違いはないが。工員が馬に賭けるのをとめるわけにはいかないからな。連中は始終ここを脱け出して賭けにいくし、逆に外からもひっきりなしに賭け屋がもぐり込んでくる。内部の誰かが一ドルや二ドルの賭け金を受け取ったからって、どんな違いがあるんだ?」

「さあ、おれはそういうケチな賭けには無縁でね」ジョニーは言った。「おれのつぎ込んだ金で息子や娘をハーヴァードやヴァッサーに入れた賭け屋も何人かいるんです」

「タウナーに告げ口するつもりか?」

「ひとつだけ、教えてほしいんですがね――これはおれが証明できることであり、実際、そうするつもりです。アル・パイパーはここで賭け屋をする特権を得るために、あんたに袖の下を渡していましたか?」

「とんでもない」ジョンソンはそっけなく言った。

「しかし、他の誰かには金を払っていた?」

ハル・ジョンソンはそれには答えなかった。ジョニーは首を振った。「あんたは、この商売にカーメラが強引に割り込もうとしていたのを知ってますか?」

「カーメラなどくそくらえだ」ジョンソンは吐き捨てた。「貴様もだ、フレッチャー」彼は去りかけて、また振り向いた。「それにおまえもだ」分厚い人差し指をサムに突きつけた。「もしここで働くつもりなら、とっとと持ち場に戻れ。さもなければ階下《した》へ行って、給料を清算してもらえ」

「おれはクビになるのか?」サムが意気込んで尋ねた。

「わたしがここの職工長である以上」ジョンソンはきっぱりと言った。「きみをクビにする権限がある」

「そいつはいいや!」サムは小躍りした。

ジョンソンはジョニーの顔を見た。「彼をクビにすると言ってるんだぞ?」

「職工長のあんたが決めたことですからね、ハル」ジョニーは低い声で言った。

「よろしい。だったら、クビは撤回する」

「おい!」サムがわめいた。「今さら取り消しはないぜ。あんたは今、確かにおれをクビにすると言ったじゃ……」

「まいったな」ジョンソンはうんざりした顔で立ち去った。

サムはジョニーに泣きついた。「クビになるようにしてくれよ、ジョニー。こんなふうにベンチに座って、ちっぽけな革の束をちまちまひねってるなんて、ばかばかしくてやってられないぜ。こんなの、大の男がする仕事じゃないだろ」

ジョニーはサムに返事をする代わりに、ジョンソンのデスクまで行き、受話器を取り上げた。「やあ、ナンシー、ジョニーだ……」

「ごめんなさい、ジョニー」ナンシーは叫んだ。「さっきはミスター・タウナーが一緒だったから何も言えなかったの。でも、わたし——昨夜のことは本当に申し訳なく思ってるわ。いったい何が——何があったの?」

「たいしたことは何も」ジョニーは言った。「ただ殴られて半殺しの目にあっただけさ。おれが死に損なったのは、あんたの恋人の落ち度じゃない」

「そんな言い方しないで、ジョニー。カーメラはわたしの恋人なんかじゃないわ。今もこれまでも」

「エリオット・タウナーはどうだい?」

電話の向こうで一瞬、沈黙が流れた。やがてナンシーは言った。「なんの話をしているのかわからないわ、ジョニー……」

「〈レイクサイド・アスレティック・クラブ〉のベルボーイが」ジョニーは言った。「一昨日の夜……」

今度は前より長い間があいてから、ナンシーが言った。「あなたはすでに知っていたのね——昨夜には」

「知っていた。待て、ナンシー、この建物を出ようとしてもなんにもならないぞ、外には見張りがいて……」

「そんなつもりはないわ」ナンシーは落ち着いた声で言った。「ただ自分の仕事に戻るだけよ」

「だったら警察に繋いでくれ。殺人捜査課の——リンドストローム警部補に……」

「リンドストローム警部補なら、今ちょうどミスター・タウナーのオフィスにいるわ」

「電話に出してくれ」

しばらくして、刺々しい声がした。「リンドストロームだ」

「フレッチャーだ。今、階上《うえ》の仕分け部門にいる。大至急、カーメラ・ヴィタリを捕まえてくれ」

「もしもし、どなたですか?」リンドストロームが声を張り上げた。「フレッチャー警視総監殿ですか?」

「そうじゃない、ジョニー・フレッチャーだ」

「ほう、そうかね。ではひと言、言わせてもらおう、フレッチャー。わたしはきみの命令には――」

「これは命令なんかじゃない」ジョニーはさえぎった。「しかし、もしあんたがカーメラ・ヴィタリを逮捕しないのなら、今日の夕刊は読まないほうがいいぞ。代わりに旅行案内にでも目を通しておけ。たっぷり時間ができるだろうからな」

ジョニーは受話器を叩きつけたあと、再び手に取った。「カーメラに連絡なんかするなよ、ナンシー！」

「どうして……」ナンシーが言いかけたが、ジョニーはそこで電話を切った。

サムがそばに来て言った。「なんだって警察《サツ》なんかにカーメラを捕まえさせるんだよ、ジョニー。その楽しみはおれに取っておいてくれるんだと思ってた。おれは何も本気でやつを殺そうってわけじゃない。ただ、少しぐらいは……」

「まだチャンスはあるさ」ジョニーは仕分け部門の後ろの樽置き場に目をやった。「サム、アル・パイパーが見つかった場所に戻ってほしいんだが……」

サムは身震いした。「勘弁してくれよ、ジョニー。あの奥は暗いんだ。見ただけでもぞっとして……」

「ほんの少しの間だけだから」

「いったい、おれに何をしろっていうんだ？」

「ちょっとあそこに立って、おれの名前を呼んでくれ――だが、あまり大きな声じゃだめだ。このぐらいで。『おい、ジョニー』」

サムはためらっていたが、やがて首を振りながら歩きだした。ジョニーも途中までついていったが、サムが樽の間の通路に入ったところで、エリオット・タウナーの作業台のほうに歩いていった。

エリオットはジョニーが近づいてくるのを見ていたが、その表情は暗く、不満げだった。

「やあ、エリー」ジョニーが声をかけた。

「ぼくのそばをうろちょろしないでくれ、フレッチャー」エリオットは怒りをむき出しにして言った。「今はきみのばか話を聞く気分じゃ――」

樽の後ろからサムの呼ぶ声がした。

「おおい、ジョニー……!」

続いて、轟くような凄まじい音が!

ジョニーは息をのみ、間髪を入れず走りだした。そして樽の裏手につながる通路に達すると、そのまま突進して、滑るように左に折れた。

殺しのあった通路に駆けつけると、そこではサムが崩壊した樽の山を乗り越えているところで、床には木片や数千枚の月型芯が散らばっていた。

「まいったぜ、ジョニー!」サムは叫んだ。「誰かが反対側からこの樽を押しやがったんだ。もう少しでおれに当たるとこだった」

「おまえに気をつけるように言っておくべきだったんだ、サム」ジョニーは歯ぎしりして言った。

「誰かがこんなことをしでかすと知ってたのか?」

「いや、わからなかった。だが予測するべきだった。さあ……」ジョニーは樽の山に身を乗り出し、サムに手を貸して引っぱり上げた。二人が通路まで来ると、数人の野次馬が覗き込んでいた。ハル・

ジョンソン、カール・ケスラー、エリオット・タウナーと、二、三人の仕分け係たちだ。

「たった今、誰かがサムを殺そうとした」ジョニーは厳しい顔で言った。「樽の山に細工して、ひと押しすれば簡単に崩れるように……」

「身から出た錆だろう、フレッチャー」職工長が言った。「きみらがこれ以上ここをうろつき回るようなら、別の誰かが殺される羽目になる」

「冗談じゃない」ジョニーは言った。「もうたくさんだ。これまでにわかったことを洗いざらい話すつもりです。今から、階下《した》のハリー・タウナーのオフィスでね。あんたも聞いたほうがいいと思いますよ、ハル。それにあんたもだ、カール……。それからきみも、エリオット……」

「ぼくは興味がないね」エリオット・タウナーは言った。

「興味を持つべきだな。では、みなさん……」

「結局、彼はわれわれに命令しているわけですね、ハル」カール・ケスラーが小声で言った。

「命令するのはわたしだ」ジョンソンがわめいた。「そして、これがその命令だ。階下《した》に行くぞ。デユークの――つまり、ミスター・タウナーのオフィスへ……」

第二十二章

月型芯部門の男たちがエレベーターから出てきた。職工長のハル・ジョンソン、副職工長のカール・ケスラー、工場主の息子のエリオット・タウナー、それからサム・クラッグ、最後がジョニー・フレッチャーだ。その陣容で彼らはハリー・タウナーのオフィスに向かった。

ジョニーは電話交換台の前で足をとめた。「決着をつけるぞ、お嬢さん。きみも加わったほうがいい」

「いやよ」ナンシー・ミラーは頑なに拒んだ。

エリオット・タウナーが列から踏み出した。「彼女にかまうな」険悪な口調だった。

「あんたはボスの息子だからな」ジョニーは肩をすくめ、そのまま他の者のあとに続いた。しかし彼はタウナーのオフィスの前で振り返った。ナンシー・ミラーが交換台のデスクから立ち上がっていた。

ジョニーはナンシーが来るのを待った。

ハリー・タウナーは彼らが入ってくるのをじっと見ていた。オフィスにはすでに娘のリンダと、その婚約者のフレディー・ウェンドランドの姿があった。

「いったい何事だね?」レザー・デュークは尋ねた。「労務苦情処理委員会のお出ましか?」

「最終幕です」ジョニーは言った。「ようやく一部始終をお話しするときが来ました。昨日、この仕事を引き受けたときにおれが言ったことを覚えていますか?」

「いや。しかしたった今、ウェンドランドからきみについていくつか聞かされていたところで……」

「まぬけのフレディー」ジョニーはちゃかした。「ミスター・ウェンドランドには、下々《しもじも》の者が話を進める間、隅っこに引っ込んでいてもらいましょう」

ウェンドランドが抗議の声を上げ、詰め寄ろうとした。しかしレザー・デュークが手で制すると、すぐに身を翻して部屋の片隅に行き、椅子に腰掛けた。

ジョニーは居並ぶ顔を見回した。「さて、どなたか自ら罪を告白して、われわれの時間を節約してくれる人はいませんか?」

部屋にいる誰もが無言だった。

ジョニーはうなずいた。「そうだと思った。この期に及んでまだ、あんた方はおれのことをほら吹きの愚か者に過ぎないと思いたがっている」彼は深く息を吸った。「ミスター・タウナー、ここにいる人は全員、偉大なるタウナー・レザー・ファミリーの一員なんですから、ちょっとした内輪の恥をさらしてもかまわないでしょうね」

「よろしい、やりたまえ」ハリー・タウナーは威厳をもって答えた。「ただし、やるなら徹底的にやることだ。きみが話し終えたとたん、おそらくわたしはきみをこのオフィスから叩き出すだろうからな」

「これはあなたの最初の結婚についてなんですがね、ミスター・タウナー」

「父が結婚したのは一度だけだ」エリオット・タウナーが口をはさんだ。

「二度です」ジョニーは訂正した。「もちろん、ミスター・タウナー自身は最初の結婚は数に入れていないでしょう。なぜなら、それはほんの数日で無効になったからです。ミスター・タウナーは自分より身分の低い、そう、コーラスガールだか、その手の女と結婚しました。金持ち狙いのコーラスガールのことです、モラルも低かったでしょう……。何か言いましたか、カール？」

「貴様は嘘つきだと言ったんだ」ケスラーが吐き捨てるように言った。「薄汚い、役立たずの、むかつく嘘つき野郎だ。エルシーは――」

「あんたの妹の？」ジョニーは間髪入れず尋ねた。

「どういうことだ？」ハリー・タウナーが反応した。

ジョニーは疑わしげに目を細めた。「ご存じなかったんですか？」

「当たり前だ。彼女の名前はエルシー・キングといって……」

「それは芸名です。コーラスガールになる前は、エルシー・ケスラーといいました」

タウナーは困惑の目でケスラーを見た。「しかし、ケスラー、きみはそんなことはひと言も……」

「言えば、職を失いかねないのに？」ケスラーは苦々しげに言った。「あなたの父親は金でエルシーを追っ払ったんだ。彼女に五百ドル与えて、子供は――」

「子供だと！」タウナーはしわがれた声で叫んだ。「子供とはなんのことだ？」

「あなたの娘ですよ」

「ナンシー・ミラーです」ジョニーが静かに言った。

ハリー・タウナーはジョニーを見て、それからしばしカール・ケスラーを見つめた。そして突然、ドアの内側に身を固くして立っているナンシーのもとへ、つかつかと歩み寄った。タウナーは長い間、ナンシーの顔を凝視した。やがて彼はゆっくりと首を振った。「いや。わたしには信じられない」

「おれもですよ」ジョニーが言った。

「こっちにはそれを証明する出生証明書がある」カール・ケスラーは言った。「入院記録も」

「ぼくは両方ともこの目で見ました、お父さん」エリオット・タウナーが不意に口を開いた。

「おまえが？」レザー・デュークは叫んだ。

「知ったのは数か月前です。ぼくは——ぼくはナンシーに結婚を申し込んだのです。しかしカールからそれは無理だと言われました。なぜなら彼女はぼくの腹違いの妹だから、と」

「それを丸ごと信じまったとはね、エリオット」ジョニーが言った。

「ぼくは書類を見たんだ」

「あんたが見たのはただの紙切れだろう。あとは最初の結婚とその無効宣告についての古い新聞の切り抜きだ。新聞の切り抜きのほうは本物だが」ジョニーはそこで間を入れた。「そして、あんたはナンシーに恋していた」彼は軽く笑った。「おかしなもんだ。どうして男ってやつは女に恋をすると、相手の言ったことを片っ端から信じちまうんだろう。あんた、この件にこれまでいくら費やした？」

エリオット・タウナーはたじろいだ。父親がそれを見て息子に詰め寄った。「エリオット、この連中に金を与えてきたのか？」返事を待ったが返ってこない。そこで息子の腕をつかんだ。「答えろ！」

「そうです」ついにエリオットは情けない声で認めた。「彼らは——つまり彼のことですが」カールを指さしながら、「今まで黙っていたがこれ以上は我慢できないと言いました。新聞に一部始終を話そうとしていたのです」

「しかし、話すべきことなど何もないんだぞ、おまえ」ハリー・タウナーは叫んだ。「わたしがエルシー・キングという女と結婚して、その結婚が無効になったのは事実だ。わたしの父が——おまえのお祖父さんがわたしに証明したのだ、彼女が――」

「でたらめだ！」カール・ケスラーが叫んだ。

「よろしい」ハリー・タウナーは言った。「それではこう言っておこう。彼女と結婚したとき、わたしは酔っぱらっていた。それが真相だ。ある朝、レイク・ジェニーヴァ（シカゴ近郊のジェニーヴァ湖に面した高級リゾート地）のホテルで目覚めたとき、わたしは妻を持ったことを知った」

「そして半年後」ケスラーが言った。「あんたは別の女と結婚したが、彼女はヨーロッパに行って子供を産まなければならなかった、なぜなら――」

「それこそ」ハリー・タウナーは冷ややかに言った。「事実無根だ」彼はひたとケスラーを見つめた。

「きみはこの会社でどのぐらい働いてきた？」

「三十九年八か月と十一日だ。生涯働いてきたのが今、この齢になってクビになるとはな！」

「クビにはならないさ」ジョニーが言った。「休暇を取ることになるだけだ。ジョリエット（イリノイ州にある刑務所）に連れていかれて死刑になるまで……」

その場にいた全員の視線がジョニーに注がれた。彼はナンシー・ミラーを、次にカール・ケスラーを見つめた。「あんたはアル・パイパーが工場で賭け屋をするのを許していた。もちろん、毎週、袖の下を受け取ってのことだが。そしてハル、あんたはそれを知っていましたね？」

ハル・ジョンソンは無言だった。

ジョニーは言葉を続けた。「やがてカーメラが、カール、あんたの姪と付き合うようになった。このカーメラがやっぱり賭け屋を始めた。アルにはそれが不満だったが、あんたはなんの手も打とうとしなかった。そのあとだ、アルがあんたの身辺をちょろちょろ嗅ぎ回り始めたのは――彼の最後となった飲酒期間に。彼はエリオットとナンシーの仲を発見した――それと、あんたが働いているケチな恐喝のことを。二日前に職場に復帰したアルは、あんたにそれをぶちまけた」

　突然、ドア口に殺人捜査課のリンドストローム警部補が現れた。彼は背後に何者かを引っ立ててきたが、それは手錠をかけられたカーメラ・ヴィタリだった。

「ああ、警部補」ジョニーは言った。「ちょうど今、ここにいるカール・ケスラーがどうやってアル・パイパーの喉をかき切ったのか、説明していたところで……」

　ナンシーが悲鳴を上げた。

「ごめんよ、お嬢さん」ジョニーはやんわりと言った。「彼はきみのおじさんだ、確かに。しかし一方――一方、エリオットはきみの腹違いの兄さんなんかじゃない。おそらくでっち上げだ」

「おれはなんの関わりもないからな」カーメラが出し抜けにわめいた。「おれはこいつが血まみれのナイフを持って通路から出てくるのを見たんだ」

「うるさい、黙れ！」カール・ケスラーが怒鳴った。そしていきなり作業用エプロンの下を探ると、八インチはある革裁ち包丁《レザーナイフ》――剃刀のような刃と、針のような切っ先を持ったナイフを取り出した。ケスラーはジョニーに突進した。「貴様……！　ただじゃおかない……」

　サムがすばやく前に出た。そしてカール・ケスラーの横に立つと、彼の後頭部を拳で殴りつけた。ケスラーは吹き飛ばされ、壁にしたたかに頭をぶつけた。そしてそのまま床にのびて、動かなくなった。全員の注目を浴びながら、サムはくるりと振り返り、カーメラ・ヴィタリを平手で張り飛ばした。それはこれまでサムが繰り出したうちで最も強烈な一撃だったが、ある意味、卑怯な一撃でもあった。カーメラは手錠をかけられていて、防御できなかったからだ。しかし卑怯であろうとなかろうと、結果は同じだった。カーメラ・ヴィタリもカール・ケスラーと同じ眠りの国に落ちていった。

★★★

十分後、オフィスには、ハリー・タウナー、ジョニーとサム、そしてリンダだけが残っていた。

「三十九年八か月と十一日、か」ハリー・タウナーが言った。「今日までこの仕事ひと筋でやってきた男だった」

「そして週給四十五ドルになり」ジョニーが言った。「齢を重ねた」

「くどいぞ、フレッチャー」ハリー・タウナーは言った。「実は、エリオットが数か月前から従業員の年金制度についてわたしに意見していた。エリオットと詳細を詰め次第、実施する予定だ」

「そいつはつまり」サムが言った。「ここで働けば、年金がもらえるってことかい?」

「そうとも」ジョニーが答えた。「三十九年間働けばな」

卓上の電話が鳴り、タウナーが応じた。「もしもし? ああ……」彼は受話器をジョニーに差し出した。「きみにだ、フレッチャー」

ジョニーは受話器を受け取った。「もしもし、フレッチャーですが……」

「ウィギンズだ」例のだみ声が聞こえた。「あんたに伝えたいことがある。うちの探偵が――」

「いや、もうけっこうだ」ジョニーは言った。「事件は解決したんでね」

「ちょっと待ってくれ」ウィギンズが叫んだ。「これはあんた個人の……」

相手が手短に話すのを聞いたジョニーの顔が輝いた。「恩に着る」彼は電話を切ると、サムの顔を見て、両手をこすり合わせた。「ウィギンズの部下は昨夜、おれを見失っただろう、サム。そこでおれたちの来た道をたどっていった。そうして突き止めたのが〈イーグル・ホテル〉で――」

「へえ！」サムは驚いた。「そいつは二週間前、おれたちが追い出された安宿じゃ……」

「ご名答。どこの部屋にもゴキブリがいて、ネズミが駆け回ってたな。それでも、おれたちにとっちゃ、わが家みたいなものだった。そして、そこに電報が届いていた。モート・マリからだ……。金の算段がついたんで、本を送ってくれるそうだ、料金元払いで。わかるか、サム、元払いだぞ！」

「また本の仕事に戻れるんだな！」サムは心底うれしそうに笑った。「つまり、ここで三十九年間も働かないですむってことだろう？」

「そうとも、サム。おれたちは自由の身だ」

「販売部長の地位についてだが、フレッチャー」ハリー・タウナーが口をはさんだ。「年に一万五千ドルの報酬でどうだろう……」

「受けてちょうだい、ジョニー」リンダが懇願した。

ジョニーは首を振った。「引き受けて、きみがここにちょくちょく夫を訪ねてくるのを見せつけられるのかい？　いやいや、それは勘弁願いたいね」

「夫ですって？　それはいったい誰のこと？」

「フレディーに決まってるじゃないか。あの男はきみを愛している。嫉妬のあまり、おれに尾行をつけたんだ。もしその件がなかったら、おれがこの騒動を片付けることはできなかった」

「そうかもしれないわね」リンダは考え込むように言った。「フレディーには驚かされたわ。あの人にあんな面があるなんて知らなかった」そして彼女はジョニーの目の前まで歩いてくると、唇にキスをして言った。

「さよなら、ジョニー。幸運を祈るわ！」

訳者あとがき

アメリカの作家フランク・グルーバー（一九〇四～六九）による〈ジョニー&サム〉シリーズの十二作目 The Leather Duke（一九四九）をお届けします。

（1996, Ulverscroft Large Print Books）

主人公のジョニーとサムは、『誰でもサムソンになれる』という、いわゆるインチキ本のセールスを生業としています。力自慢のサムが身体に巻いた鎖を筋肉の力で断ち切るというパフォーマンスを見せ（もちろん鎖には細工がしてあります）、その秘訣の書かれた本をジョニーが得意の口上で売りまくるというものです。この場面が毎回の見せ場となっているのですが、本作では残念ながらそれを見ることはできません。なぜなら、ある理由で肝心の本が一冊も入手できなくなったからです。

文字通り宿無しの一文無しになってしまったジョニーがくだした決断は、〝とりあえず〟働き口を見つけるというものでした。それも、これまでの何やら怪しげな仕事ではありません。皮なめし工場から送られてくる革を、かかとや底革、月型芯など、靴を作る際の部品に成形する革工場の工員という、立派な堅気の仕事です。これにはサムもびっくりします。激しく抵抗するものの、背に腹は代えられません。

こうして〝地道にこつこつ働くジョニーとサム〟という、世にも珍しいものを見られるのが本作の特徴ですが、もちろん、この二人のことです、それだけで終わるわけがありません。働き始めた初日に工場で殺人事件が起きます。しかもサムがその第一発見者になり、ジョニーが犯人と疑われるというおまけつきです。容疑を晴らすためにも二人は真犯人を突き止めなければなりません。こんなピンチのさなかにも、いえ、さなかだからこそ、ジョニーの口八丁手八丁が随所で見事に発揮されます。

登場人物は、革工場の所有者であるレザー・デュークことハリー・タウナーと、その息子や娘たち上流社会のお金持ち一家、一癖も二癖もある工場の労働者たち、下町のならず者など多種多様ですが、どこの誰が相手であろうと、ジョニーとサムのマイペースぶりは変わりません。

なお、中盤で、リンドストローム警部補がジョニーの革裁ち包丁《レザーナイフ》を殺人現場付近で発見した件について、ジョニーとサムが話し合う場面があります。警部補がナイフを発見した描写が抜けているので唐突な印象を受けますが、前後の続き具合の関係もあり、修正を加えずに訳しました。これも豪快でスピーディーな展開を持ち味とした、グルーバーらしさの一端としてご了承いただければ幸いです。

それでは、今回もジョニーとサムの〝迷コンビ〟が力を合わせ、数々のピンチを切り抜けていく姿をお楽しみください。


最後に、この愉快な物語を訳す機会をくださいました故・仁賀克雄先生に心から感謝申し上げます。

〔著者〕

フランク・グルーバー

別名チャールズ・K・ボストン、ジョン・K・ヴェダー、スティーヴン・エイカー。1904年、アメリカ、ミネソタ州生まれ。新聞配達をしながら、作家になることを志して勉学に勤しむ。16歳で陸軍へ入隊するが一年後に除隊し、編集者に転身するも不況のため失職。パルプ雑誌へ冒険小説やウェスタン小説を寄稿するうちに売れっ子作家となり、初の長編作品“Peace Marshal”（1939）は大ベストセラーになった。1942年からハリウッドに居を移し、映画の脚本も執筆している。1969年死去。

〔訳者〕

中川美帆子（なかがわ・みほこ）

神奈川県出身。英米文学翻訳者。訳書に『探偵サミュエル・ジョンソン博士』、『雪の墓標』、『三つの栓』、『バービカンの秘密』、『ヨーク公階段の謎』（いずれも論創社）。

レザー・デュークの秘密《ひみつ》

——論創海外ミステリ　312

2024年1月20日　初版第1刷印刷
2024年1月30日　初版第1刷発行

著　者　フランク・グルーバー
訳　者　中川美帆子
装　丁　奥定泰之
発行人　森下紀夫
発行所　論 創 社

〒101-0051 東京都千代田区神田神保町2-23 北井ビル
TEL:03-3264-5254　FAX:03-3264-5232　振替口座 00160-1-155266
WEB:https://www.ronso.co.jp

組版　加藤靖司
印刷・製本　中央精版印刷

ISBN978-4-8460-2353-9